너의 목소리가 세상에 울려 퍼지도록

너의 목소리가
세상에 울려 퍼지도록

심규혁 지음

자음과모음

차례

프롤로그

성우는 흔치 않은 직업이야. 그래서 보통은 주변에서 성우를 만나기가 참 어려워. 수많은 직종 가운데 종사자가 적은 직업 중 하나가 바로 성우이기 때문이지. 예전에는 방송가에서 공채로 인력을 많이 뽑았지만, 요즘은 점점 사라져 가는 추세야.

하지만 프로 성우는 여전히 공채 시험으로 선발돼. 성우 지망생들은 대개 성우 양성 학원에서 시험 준비를 하는데, 공채 일정이 뜰 때마다 비상이 걸려. 지원자는 많은데 선발 인원은 아주 적거든. 약 2,000~3,000명이 지원하는데, 최종 합격자는 2~6명 정도야. 공채 시험도 자주 있지 않으니 주변에서 성우를 만나기 어려울 수밖에.

성우의 직업적 특징은 또 있어. 자신을 선발한 방송사에서 2~3년 전속 기간을 거쳐야 '한국 성우 협회'의 정회원 자격이 주어진다는 거야. 전속 기간에는 소속 방송사의 일만 할 수 있는데, 협회 정회원이 되면 프리랜서로서 제한 없이 일할 수 있어. 나는 2010년에 있었던 대원방송 2기 공채 시험을 통해 프로 성우로 데뷔했어. 그리고 2012년 말부터 프리랜서 성우가 됐지.

"네 목소리는 다른 사람들에게 묻히기 쉬우니까 그 부분을 고민해 봐."

당시 대원방송 제작 팀장이었던 김정령 PD님이 프리랜서 활동을 앞둔 내게 진심 어린 충고를 해 준 적이 있어. 따뜻한 조언이었지만, 그 말을 듣고 앞이 아득해져 가는 느낌이 들었어. 나는 어린 시절에 "뭐라고? 잘 안 들려"라는 말을 자주 들었거든. 상처처럼 남아 있던 그 마음이 다시 건드려지는 것 같아서 끝이 없는 숙제가 눈앞에 놓인 기분이었지.

작은 목소리를 단련하고, 그토록 치열한 공채 시험을 뚫고 성우가 됐는데 프리랜서로 자리 잡기란 더 어려운 일이었어. 공채 시험을 준비할 때는 같은 지망생끼리 경쟁하면 됐지만, 프리랜서는 기라성 같은 선배 성우들 사이에 끼어들어야 했거든. 나만의 존재감을 나타낼 수 없다면 조용히 사라질 수밖에 없지. 지금 돌아보면 내가 어떻게 그 많은 작품의 엔딩 크레디트에 이름을 올렸는지 신기해. 나는 목소리도 작고, 자존감도 낮은 소심한 아이였을 뿐이었는데.

나는 많은 작품 속 캐릭터를 분석하여 목소리로 표현하는 작업을 해 왔어. 내가 연기한 캐릭터들이 존재감을 뿜어낼수록, 작품의 존재감도 살아나는 경험을 여러 번 했어. 그런데 내가 캐릭터를 살피는 만큼, 나 스스로에 대해 얼마나 들여다보았는지는 항상 의문이었지.

연기자들은 캐릭터를 분석할 때 '전사'를 해. 전사란, 내가 연기할 캐릭터가 대본에 그려진 시점 이전에 어떤 시간을 겪었으며, 어떻게 그 시점에 이르렀는지 상상해 보는 거야. 나는 이번 에세이를 쓰는 동안 나 자신을 전사하는 느낌이었어. 약하게 타고난 목소리를 계속 단련하면서 한 가지 깨달음도 얻었지.

'강해지지 않아도 나의 고유한 색깔을 드러낼 수 있다.'

여러 가지 색을 구분하는 건 '강함'이 아니야. '고유성'이지. 희미한 색도 각자의 고유성으로 짙은 색채 사이에서 빛날 수 있어. 소리의 색도 마찬가지야.

오, 나여! 오, 생명이여!

수없이 던지는 이 의문!

믿음 없는 자들로 이어지는 도시.

바보들로 넘쳐흐르는 도시.

아름다움을 어디서 찾을까?

오, 나여, 오, 생명이여!

대답은 한 가지, 네가 거기에 있다는 것.

생명과 존재가 있다는 것.

화려한 연극은 계속되고

너 또한 한 편의 시가 된다는 것.

화려한 연극은 계속되고
너 또한 한 편의 시가 된다는 것.
여러분의 시는 어떤 것이 될까?

영화 〈죽은 시인의 사회〉(1990)는 내가 본 인생 최초의 더빙 영화야. 내 모든 이야기의 시작점이 된 작품이기도 하지. 영화에 키팅 선생님이 월트 휘트먼의 시를 낭송하는 장면이 나와. 이 시에는 자존감에 대한 중요한 통찰이 담겨 있어. 모든 아름다움은 나로부터 시작된다는 것. 성우가 캐릭터에 대해 아무리 잘 알아도, '나'를 모르면 연기는커녕 제대로 된 감상을 하기도 힘들지. '나'를 바로 알고, 스스로를 사랑할 수 있다면 연약하더라도 존재감이 뚜렷해질 수 있고, 다른 소리에 묻히지 않고 목소리를 전할 수 있어.

나는 지금부터 그 이야기를 해 보려고 해. 우리가 어떤 모습이든 한 편의 시가 될 수 있다는 이야기를.

1

처음 만나는
나의 목소리

내가 좋아하는 것과
싫어하는 것

나의 직업은 성우야. 내가 가장 잘 알고 내게 가장 익숙한 일은 성우의 일, 그러니까 '목소리 연기'야. 나는 이 일을 사랑해. 세상의 모든 소리가 어딘가로 빨려 들어간 듯 적막한 녹음실의 고요함도 좋아해. 조용한 녹음실이 나에게는 깨끗하게 닦아 낸 빈 잔처럼 느껴지거든. 이윽고 그 속으로 성우들의 목소리가 각자의 향을 뽐내는 커피처럼 쏟아져 들어가지. 이처럼 그 모든 순간을 사랑하지만, 처음부터 그랬던 건 아니야. 나의 첫 번째 꿈이 성우였던 것도 아니었지.

나는 원래 야구 선수가 되고 싶었어. 어릴 때 피아노 교습소에 다녔었는데, 그곳에 비치되어 있던 아다치 미츠루의 만화 〈H2〉를 보고 야구 선수가 되면 재밌겠다고 생각했어. 그런데 나는 왜 피아노를 배우러 가서 그런 생각을 했을까? 부모님 성화에 못 이겨 교습소에 억지로 다닌 것도 아니었어. 그 당시 피아노 선생님이 드라마 주제곡을 멋지게 연주하는 모습을 보고 내가 먼저 엄마에게 피아노를 배우겠다고 말했으니까.

그런데 막상 교습소를 다니기 시작하니까, '연습'을 해야 하더라고. 나는 멋지게 연주하는 건 좋았지만, 끙끙대며 연습하는 건 싫었어. 손가락 근육을 단련하는 음계 연습은 특히 힘들었지. 감각이 무뎌지지 않는 혓바닥에 끝없이 쓴 약을 들이붓는 느낌이랄까?

나는 점점 연습을 안 하기 시작했고, 선생님은 진도를 나갈 수 없으니 부족한 연습량을 채우라고 하고는 자리를 비우시곤 하셨지. 그때마다 나는 마지못해 건반을 몇 번 두드리다가 이내 멈추고 주변을 두리번거렸어. 그러다가 〈H2〉가 눈에 들어왔던 거야. 나는 연습을 하기 싫은 마음을 합리화했지.

'그래, 나는 야구 선수가 되고 싶었던 게 아닐까? 그렇지 않고서야 이렇게 피아노 연습이 하기 싫을 리가!'

하지만 그 생각마저도 내 운동 신경이 완전 꽝이라는 현실과 마주하게 되면서 조용히 수그러들었어.

혹시 '좋아하는 것을 따라가라'는 조언을 들어 본 적 있어? 달콤한 말 같지만 세상이 그렇게 간단하지 않더라고. 선생님처럼 멋지게 피아노를 연주하려면 오랜 연습을 해야 했으니까. 초등학교 2학년 때 배우기 시작한 피아노는 중학교에 올라가면서 그만뒀어. 나에게 피아노 연습은 마땅히 해내야 하는 수고가 아니라 괜한 고생으로 느껴졌거든.

그러다 대학생이 되면서 피아니스트 김광민과 이루마의 곡들을 좋아하게 되었어. 피아노를 다시 연주하고 싶다는 마음이 들었지. 5년 정도 피아노를 배운 적이 있으니 조금 연습하면 웬만큼 칠 수 있지 않을까 생각했어. 대학교 공강 시간에 음대 연습실에 가서 연습을 하고 올 정도로 열성적이었지. 그리고 나니 피아노 선생님이 왜 음계 연습을 시켰는지 알겠더라. 왜 그 쓴 약을 억지로 삼키라고 했는지 말이야.

어떤 분야든 '기본기'에 해당하는 영역이 있어. 피아노를 친다면 건반을 고르게 누를 수 있는 힘을 길러야 하고, 청음 훈련을 통해 음들의 간격을 알 수 있을 정도로 상대음감도 키워야 하지. 코드 진행에 대해서도 감을 익혀야 악보를 볼 때 음표 하나하나를 세지 않아도 흐름으로 읽어 낼 수 있어.

만약 기본기가 없으면 어떤 문제가 생길까? 그럴 경우 새로운 곡을 연습할 때마다 그 곡을 연습하기 이전으로 실력이 초기화되어 버려. 앞서 몇 곡을 소화해 봤으니 다음 곡은 수월하게 할 수 있지 않을까 기대하지만, 그 기대는 이루어지기 어렵지. 기본기 위에 연습을 더하면 벽돌처럼 쌓아 나갈 수 있지만, 기본기 없이 산발적으로 하는 연습은 공중에 흩어지는 불꽃놀이 같거든.

그러니 그때의 나는 아무리 연습을 해도 박자에 맞게 음을 겨우 누를 뿐이었고, 곡에 마음을 담는 느낌은 도무지 들지 않았던 거야. 즐기는 수준에 이를 수 없었던 거지. 기본기 연습을 게을리했던 어린 시절의 내가 좀 원망스럽더라. 하지만 한층 더 깊이 궁금해졌어. 내가 정말 되고 싶은 건 무엇일까? 그것을 위해 어떤 싫은 것들을 감내해야 할까? 아니, 그 전에 나는 좋아하는 것을 얻기 위해, 내가 좋아하는 모습이 되기 위해, 가혹함을 견딜 수 있는 사람일까?

좋아하는 것과 싫어하는 것을 구분해 나가는 과정은 꿈을 이루기 이전에 나를 먼저 알아 가는 과정이었어. 모르는 사람을 사랑할 수는 없어. 그게 나 자신일지라도. 나를 사랑하지 못한다면, 어떤 가혹함도 견딜 수 없어. 그렇다면 거꾸로 생각해 보자! 나를 사랑한다면, 어떤 가혹함도 이겨 낼 수 있다고 말이야.

나의 꿈
천천히 살펴보기

　동료 성우들 중에는 어려서부터 끼가 넘치고, 다른 사람들 앞에 나서기를 좋아하고, 낭랑한 목소리로 책을 잘 읽어서 방송 분야로 진출하면 좋겠다는 말을 듣고 자란 사람이 많아. 하지만 나는 그러지 못했어. 나는 달리기뿐만 아니라 모든 행동과 생각이 느릿느릿해. 말수가 적고, 조용하고, 남들의 시선을 부담스러워 해. 눈치도 많이 보고 소심하지. 우리 부모님조차 나에게 숫기가 없다거나 목소리가 작아서 잘 안 들린다는 말씀을 하시곤 했으니까. 그래서 나는 대학생 때까지만 해도 방송이나 연기 직종에 종사할 거라는 말은 농담으로도 하지 않았어.

만약 내가 좋아하는 것만 좇았다면, 나는 성우가 아니라 그 근처에도 가지 않았을 거야. 앞서 말했듯이 좋아하는 것을 추구하는 일은 그렇게 간단한 문제가 아니야. 우리가 무엇을 좋아한다고 느낄 때, 거기에는 한 가지 함정이 숨어 있거든. 좋아하는 것과 편한 것을 헷갈리기 쉽다는 게 바로 그 함정이야.

여기서 잠깐 '자존감'에 대해 이야기하면 좋겠어. 여러 곳에서 이런 말을 들어 본 적 있을 거야.

'있는 그대로의 자신을 사랑하라.'

누군가는 이 말을 이렇게 생각할 수도 있겠지. 조용하고 얌전한 성격을 타고났으면 타고난 대로 스스로를 사랑하면 되지, 그걸 어렵게 고치려고 할 필요가 있냐, 사람들의 시선이 부담스러우면 남들 앞에 나설 필요가 없는 일을 고르면 되지, 뭐 하러 어울리지 않는 일을 하려고 하냐. 내성적인 성격이 외향적인 성격보다 무조건 못났다고 할 수도 없고, 혼자 하는 일이 여럿이 함께하는 일보다 가치가 떨어진다고 볼 수도 없으니까.

그럼에도 나는 한 번쯤 있는 그대로의 자신에게 질문을 던져 보는 시간이 있어야 한다고 생각해. 건강한 자존감은 현재 '나'의 모습뿐 아니라 나의 '가능성'까지 사랑하는 힘이거든. 있는 그대로의 내 모습에 성장해 나갈 미래의 나를 더해야, 그게 '진정한 나'라는 이야기지. 자신이 하고자 하는 선택 앞에 꼭 던져야 하는 질문은 바로 이거야.

"난 이게 정말 좋은 걸까? 아니면 그저 편한 걸까?"

중학교 2학년 때의 일이야. 내가 다니던 중학교는 남학생 반과 여학생 반이 중앙 계단을 사이에 두고 나뉘어 있어서 평소에는 여학생들과 마주칠 일이 없었어. 그런데 음악실이 여학생 반을 가로질러 복도 끝으로 가야 하는 위치에 있었거든. 어느 날 음악실로 향하는 길에 한 여학생을 봤는데, 그 뒤로 그 얼굴이 계속 눈앞에 어른거리고 머릿속에서 떠나질 않는 거야. 조회 시간이나 체육 시간에 학급 전체가 운동장에 모이면 나도 모르게 그 아이를 찾았어. 이름은 뭘까? 어떤 목소리를 가졌을까? 어디에

살까? 이런 질문이 끝없이 떠오르고, 말 한마디라도 나눌 수 있길 바라는 마음이 점점 커져 갔어. 하지만 나는 얌전하고 소심한 아이인걸. 내가 말을 걸었다가 자신감 없는 나의 태도에 그 아이가 실망하면 어쩌나, 걱정이 들었지.

그 시기에 나는 우연히 서점에 갔다가 어떤 책에서 이런 문장을 읽게 됐어. 편한 것이 아니라 정말 좋아하는 것을 선택하라는 말. 그래, 맞아. 그런 상황에서 편한 선택이란 그냥 가만히 있는 거였어. 혼자 끙끙 앓으면서 정신없이 살다 보면 어느새 그런 아이가 있었는지조차 잊게 될지도 모를 일이었지. 창피를 당할 일도 없을 테고, 나의 내성적인 성격 때문에 괴로워할 필요도 없겠지. 가만히 있으면 아무 일도 일어나지 않고 편할 수 있었어. 하지만 내가 정말 좋아하는 것을 택한다면 이야기가 달라져. 거절당하거나 상처받을 수 있는 일에 뛰어들어야 했지. 그래서 나는 편지를 썼어.

'나는 네가 궁금하다. 하지만 얼굴을 맞대고 말을 걸 용기가 안 나서 편지를 쓴다. 괜찮다면 너와 편지를 주고받으며 알아 가고 싶다.'

그 아이에게 편지를 전달하고 마음을 졸이며 기다렸어. 과연 답장이 올지, 거절에 대한 두려움과 설렘을 오가는 동안 시간이 얼마나 천천히 흘렀는지 몰라.

학교를 마치고 집에 돌아온 어느 날, 엄마가 내 앞에 뭔가를 내밀더라. 편지였어. 심장이 이렇게 가쁘게 뛸 수 있다는 걸 그날 처음 알았지. 방으로 들어가 문을 잠그고 편지를 펼치자 한 단어가 눈에 들어왔어.

"좋아."

그때 TV에서 봤던 영화 〈죽은 시인의 사회〉가 머릿속에 떠올랐어. 영화에 등장인물인 크리스가 녹스 오버스트릿의 고백을 받아 주면서 그에게 손짓을 하는 장면이 있어. 그 장면을 보며 내 마음까지 녹아내릴 것 같았지. 진짜 꿈을 향해 몸과 영혼이 움직이기 시작했던 게 바로 그 순간이었어. 힘들더라도 정말로 잘하고 싶고, 잘할 수 있는 일을 찾아 나서자고 생각했었지.

〈죽은 시인의 사회〉는 미국의 명문 사립 고등학교 웰튼 아카데미에 새로 부임한 키팅 선생님이 이전과 다른 새로운 방식으로 국어와 문학 수업을 하면서 벌어지는 일을 담고 있어. 그 학교에 모인 학생 대부분은 부모님의 뜻에 떠밀려 입학한 거였지.

키팅 선생님의 대사 중 이런 말이 있어.

"Boys, you must strive to find your own voice. Because the longer you wait to begin, the less likely you are to find it at all."

(애들아, 자신의 목소리를 찾기 위해 분투해라. 시작하기를 미루면 미룰수록 그것을 찾을 가능성은 더 적어질 테니까.)

이 대사를 곱씹던 당시의 내가 떠올린 꿈은 작가였어. 편지를 잘 쓰려면 글을 잘 써야 했으니까. 이제부터 그런 분투가 어떻게 성우라는 꿈으로 흘러가게 되었는지 너희에게 들려줄게.

목소리를 다듬듯
나 자신을 다듬기

　내가 중학교에 들어가기 전까지 가장 재미있게 했던 놀이가 있어. 2살 아래 여동생과 함께하는 인형 놀이였지. 말수가 적은 내가 그 시간에는 얼마나 조잘조잘 잘 떠들었는지 몰라. 놀이 방식은 아주 간단했어. 말 그대로 아무 말 대잔치였지! 집에 인형이 많이 있었는데, 하나의 상황을 던져 놓고 동생과 내가 각자 맡은 인형이 되어 대화를 이어 나가는 거야. 그렇게 놀다 보니 인형마다 이름과 성격이 생겼어. 아기 곰돌이는 평소에는 빈틈이 많지만 중요한 순간마다 기지를 발휘해 위기를 극복하는 주인공 성격. 복실이는 늘 소심한 강아지. 돌이는 항상 말썽을 일으키는 사고뭉치 악어였어. 나는 그중에서도 아기 곰돌이를 정말 좋아해서 중학생이 될 때까지도 껴안고 잤어. 매일 인형들과 펼치는 상황극 속에 조그만 방 안은 해변이 됐다가, 정글이 됐다가, 우주가 되기도 했지. 그때 마다 시간이 금방 사라지는 느낌이었어. 그야말로 시공 간 붕괴!

동생과 나는 만화에서 듣던 성우 목소리를 흉내 내 인 형들의 목소리도 캐릭터에 맞도록 각기 다르게 냈는데, 그게 얼마나 재밌었는지 몰라. 아기 곰돌이는 훗날 내가 목소리 연기를 한 〈신비아파트〉 시리즈의 현우 목소리였고, 돌이는 〈리그 오브 레전드〉의 에코 목소리가 되었어. 물론 그때는 그 인형 놀이가 나중에 어떻게 쓰일지 전혀 몰랐었지.

그 뒤 내가 중학생 때 가창 시험을 본 적이 있어. 그런데 불러야 하는 노래의 음이 나에게 너무 낮아서 한 옥타브 올려 불러야 했어. 그렇게 하니까 너무 아이 같은 소리가 나서 결국 나는 내기 힘든 낮은음을, 기어들어 가는 목소리로 부르게 됐어. 그때쯤 친구들이 하나둘씩 변성기를 겪으며 낮은 목소리를 내기 시작해서, 나 역시 언젠가 내게 찾아올 변성기를 기대하고 있었지.

하지만 내 목소리는 친구들과 달리 그대로였어. 내가 짝사랑하던 그 아이와 편지를 주고받기 시작할 무렵부터는 내 목소리가 너무 싫어지기 시작했어. 자연스레 인형놀이와도 멀어졌지. 어쩌면 나는 그 아이에게 목소리를 들려주기가 무서워서 편지 친구를 하자고 했는지도 몰라. 우리는 고등학교를 졸업할 때까지 편지를 주고받았고, 내가 대학생이 되면 멋지게 고백을 할 생각이었는데, 이놈의 목소리가……. 글을 아무리 잘 쓰게 되어도 좋아하는 사람과 평생 편지로만 대화하며 살 수는 없잖아.

'목소리가 굵어져야만 해!'

그래서 낮고 굵은 목소리를 만드는 게 시급한 문제가 됐어. 나는 목소리를 굵게 만들 수단으로 노래를 선택했지. 소울 가득한 흑인들의 목소리를 많이 듣고, 많이 따라 불렀어. 그때 살았던 우리 집, 내 방 안쪽에 베란다가 있었거든. 고등학교에 다니는 동안 야간 자습이 끝나면 날마다 그 안에 틀어박혀 노래 연습을 했는데, 방문과 베란다 새시까지 닫으면 거실로 소리가 새어 나가지 않았어. 덕분에 부모님한테 들키지 않을 수 있었지.

그런데 한여름에는 베란다에서 연습하는 게 고역이었어. 안이 찜통으로 변했거든. 우리 집은 아파트 1층이었고, 방 쪽 새시를 열 수 없으니 어쩔 수 없이 바깥 창문을 열었지. 그러고 나니 선선한 밤공기와 놀이터의 가로등 불빛이 들어와 분위기도 제법 괜찮았어. 그날도 나만의 수양에 한참 열중하고 있는데 캄캄한 밤을 가로질러 누군가의 목소리가 날아들었어.

"야! 그만 좀 해! 잠 좀 자자!"

그 목소리에는 분노가 가득 실려 있었지. 그 뒤부터 나는 창문을 열지 않고 땀을 뻘뻘 흘리며 찜통 속에서 연습했어. 그런 과정을 지나 마침내 나는 중후하고 남성적인 저음을 얻게 됐을까? 지금 나에게 주로 주어지는 배역을 보면, 전혀 그렇지 않다는 걸 알 수 있을 거야. 대부분 청소년 역할이거든. 내가 외화에서 줄곧 더빙하는 톰 홀랜드나 티모시 샬라메도 또래에 비해 앳된 목소리를 갖고

27

있지.

성과를 보인 쪽은 오히려 글쓰기였어. 나는 고등학교 때 교내 문예반에서 활동을 했어. 1주에 한 편씩 시를 써서 토요일마다 모여 각자 써 온 시를 두고 합평을 했지. 봄과 가을에는 시화전을 열어서 다른 학교 학생들을 초대했는데, 그때 편지 친구인 그 아이의 얼굴도 짧게나마 볼 수 있었어. 나는 백일장이 있을 때마다 출전해서 여러 번 수상을 했어. 연말에는 문학제를 열었지. 문예반 친구들과 함께 있을 때면 우리가 정말 〈죽은 시인의 사회〉의 한 장면 속에 있는 기분이었어.

우리 학년이 주도하는 마지막 문학제에서 호기롭게 오디오 드라마 극본을 써서 라이브 낭독극을 하겠다고 나섰어. 우연히 들었던 라디오 드라마가 생각나서 아이디어를 냈었지. 20분짜리 극본을 내가 직접 쓰고, 함께 공연할 친구를 2명 캐스팅했어. 총 5명의 캐릭터가 등장하고 중간중간 주인공의 일인칭 내레이션이 배치되는 구성의 극이었지. 내가 주인공 역할을 맡아 연기와 내레이션을 하고, 다른 두 친구가 나머지 캐릭터들을 각자 2명씩 맡았어. 대학교 연극영화과에 진학한 졸업생 선배가 와서 발성 방법을 가르쳐 주고 기본적인 연기 지도도 해 주었지. 그때는 '성우'라는 진로를 생각하지도 않았는데, 어쩌다 보니 그런 경험을 하게 됐던 거야.

함께 공연할 친구들과 저녁 시간마다 만나 연습하기를 몇 주, 드디어 대전 시민 회관에서 열리는 문학제 날 아침이 왔어. 시내로 가서 행인들에게 팸플릿을 나눠 주는 것으로 하루가 시작됐어. 미리 녹음해 둔 배경 음악들을 점검한 뒤 기술과 효과를 맡은 친구들에게 넘겨주고, 마지막으로 리허설을 했지. 우리가 서 있던 무대 위 세 대의 마이크에 핀 조명이 떨어지고, 고개를 들어 앞을 응시했을 때 나는 알게 되었어. 무대에서는 객석이 잘 보이지 않는다는 걸. 무대에 선 사람에게 모든 빛이 빨려 들어가 사방이 어두워지고, 관객 모두가 그 공간을 채울 목소리를 기대하며 기다리고 있다는 걸 말이야.

박수갈채를 받으며 무대에서 내려왔을 때, 나는 바로 다음 작품을 써야겠다고 다짐했어. 낭독극을 하는 건 힘든 과정이었지만, 그날의 경험은 내 자존감을 하늘을 찌를 듯 높여 줬거든. 하지만 그 낭독극에 나의 모든 게 쏟아져 들어간 건지, 새로운 이야기는 전혀 떠오르지 않았어. 그 이후 학교에서는 나에 대한 기대가 높아져서 3학년 때부터 서울에서 주최하는 온갖 백일장과 글짓기 대회에 나를 참가시켰는데, 단 한번도 상을 타지 못했어. 드높았던 자존감이 한순간에 바닥을 뚫고 들어가더라.

왜 목소리도 굵어지지 않고, 글도 써지지 않는지 몰라 답답함이 밀려들었지. 대학 입학시험이 끝난 후 오랫동안 편지를 주고받던 그 아이에게 고백했지만, '첫사랑은 이루어지지 않는다'는 명제에 한 표를 보태듯 기나긴 짝사랑도 막을 내렸어. 나는 더욱 말수가 없어졌고, 더는 일기도 쓰지 않게 됐지. 왜 하는 일마다 안 되는지, 왜 온 세상이 나를 반대하는 것 같은지 그때는 알 수 없었어.

내가 겪었던 모든 경험이 정말 아무런 의미가 없었을까? 그게 아니라면 어떻게 생각할 수 있을까?

목소리에는 두 가지 뜻이 있어. 하나는 '목구멍에서 나는 소리'. 말 그대로 우리가 듣는 말소리지. 이 소리는 성대가 마찰하면서 만들어져. 또 다른 뜻은 '의견이나 주장을 비유적으로 이르는 말'. 〈죽은 시인의 사회〉에서 키팅 선생님이 이야기했던 바로 그 목소리야. 목구멍 속에서 성대의 양측 근육이 서로 부딪혀 소리가 나듯, 우리 내면의 목소리는 세상에 부딪히며 각자의 음색을 만들기 시작해. 그 충격과 마찰이 진짜 우리의 목소리를 만드는 거야. 그러면서 상처가 생기기도 하지만 '나'의 목소리를 찾기 위해, 진정한 '나'를 주장하기 위해 포기하지 않는다면 결국 다듬어지지.

모든 게 뜻대로 되지 않는다고 느꼈던 그때, 나는 나도 모르게 목소리 이전의 목소리를 다듬고 있던 거야.

우기는 사람,
설득하는 사람

　가장 생기 넘칠 줄 알았던 대학교 1학년, 나는 긴 개기
일식에 들어갔어. 달이 태양과 지구 사이에 딱 들어와서
해가 완전히 가려진 거야. 사랑도 잃고, 꿈도 잃고, 뭘 해
야 하는지, 뭘 하고 싶은지도 모른 채 이리저리 휩쓸려 다
녔어. 같은 학부에 진학한 고등학교 동창 승훈이가 그때
많은 시간을 나와 보내 줬지. 새벽에 신문 배달 아르바이
트를 함께하고, 자전거를 타고 학교에도 같이 가곤 했어.
승훈이가 서예 동아리에 가 볼까 하면 나도 따라갔고, 영
화 동아리에 가 볼까 하면 또 따라갔지. 하지만 나는 어
디에도 적응할 수 없었어. 뭘 하든 다 허무하고 의미 없게

느껴졌거든.

첫 방학이 끝나고 2학기가 된 지 얼마 안 되었을 때였어. 승훈이와 같이 자전거를 타고 캠퍼스를 지나는 중이었는데, 갑자기 승훈이가 브레이크를 탁 잡았어. 나도 얼떨결에 멈춰 섰지. 승훈이는 한쪽에 걸려 있는 현수막을 가리키며 말했어.

"학교 방송국에서 사람 뽑네? 저거 해 볼까?"

원래 학교 방송국은 1학기에 신입생을 새로 뽑는데, 그해 어떤 사정으로 2학기에 충원을 하게 됐던 거야. 따라가 보니 다른 동아리와는 다르게 시험을 보더라고. 뭐라도 열중할 게 생기니까 마음이 좀 나아지는 것 같아서 열심히 시험을 쳤어. 간단한 필기 테스트를 치고 선배들이 주관하는 마이크 실기 테스트와 면접까지 봤지.

그렇게 나는 학교 방송국 아나운서가 됐어. 그 뒤로 학점에도, 취업을 위한 스펙에도 무관심한 채, 대학교를 다니는 내내 학교 방송국 일에만 열심이었어. 어떻게 하면 제작 부서 친구들이 써 준 멘트와 대본을 더 잘 소화할 수 있을까, 그 생각만 하면서 지냈어. 그러다 보니 자연스

럽게 아나운서와 성우에 관련된 자료들을 많이 찾아보게
됐지.

대학 방송국 아나운서는 뉴스, DJ, 오디오 연기 등 여
러 장르를 섭렵해야 해. 방송을 시작한 지 오래 지나지 않
아, 선배들과 제작 부서 친구들이 나한테 뭘 시키든 잘한
다고 칭찬을 해 주더라. 의외였지. 항상 목소리가 작다는
소리만 들었는데, 마이크를 통해 들리는 소리가 제법 괜
찮다는 말을 그때 처음 듣게 된 거야. 어려서부터 즐기던
인형 놀이와 주말마다 챙겨 본 더빙 외화, 야간 자습이 끝
나고 매일 목이 터져라 했던 '베란다 수행'이 하나로 만나
빛을 발하던 순간이었지. 길었던 개기일식이 끝난 것만
같았어.

자료를 찾기 위해 가입했던 성우 관련 인터넷 커뮤니
티에서 활동을 시작한 것도 그즈음이었어. 어떤 대본이
든 녹음해서 업로드하면 다른 회원들이 코멘트를 해 주
는 코너가 있었는데, 거기에 재미가 들렸어. 한 대본을 죽
도록 연습해서 올리더라도 실제로 얼마나 연습했는지 아
무도 모르잖아. 그리고 학교 방송국 아나운서가 됐으니,

더 이상 베란다에 숨어서 연습하지 않아도 되고 말이야. 그 전까지 나는 사람들 앞에 서는 것 자체가 싫다고 생각했는데, 충분히 연습을 하고 나면 꽤 뻔뻔해질 수 있다는 의외의 사실도 알게 됐지. 그렇게 조금씩 '성우가 되고 싶다'는 생각이 내 마음속에서 자라났어.

나는 대학교를 2학년까지 마치고 1년간 휴학을 한 후에 의무 경찰로 입대했어. 휴학 기간 동안 항공 우주 연구원에서 몇 달, 선거 관리 위원회에서 몇 달 아르바이트할 기회가 생겼어. 그러면서 나에 대한 의외의 면을 또 발견했지. 한 장소에 아침마다 출근해서 저녁에 퇴근하는 생활이 내게는 정신적으로 엄청난 부담이 된다는 걸 알게 된 거야. 성우는 2년만 회사 생활을 하면 무조건 프리랜서가 된다고 하니, 그쪽으로 마음이 한층 더 기울었어.

다만, 학생 때부터 나의 얌전한 모습만 봤던 부모님께 성우가 되고 싶다는 말을 어떻게 꺼내야 할지 걱정이었어. 아빠는 내가 멘트 연습을 한다고 방 안에서 재잘거릴 때부터 못마땅해 하셨거든. 툭하면 "너, 허튼 생각하지 말고 공부 열심히 해서 회사에 취직을 하든지, 교원이나 공무원 시험을 봐서 안정적인 직업을 택하든지 해라" 하며 엄포를 놓으시곤 했어. 학교 방송국 활동을 응원해 주던 엄마도 성우가 되고 싶다는 말에는 "일단 대학은 졸업해. 그러고 나서 생각해도 늦지 않아"라고 말씀하셨지.

성우 지망생 커뮤니티에서 알게 된 형들 중 몇 명은, 내가 제대 후 남은 대학 생활을 보내는 동안 공채 시험에 합격해서 성우가 됐어. 아마 그 형들이 아니었다면 부모님은 고사하고 내가 나 자신을 설득하기도 어려웠을 거야. 알고 지내던 사람들이 합격하니까, 성우라는 게 하늘에서 뚝 떨어지는 건 아닌가 보다 싶어서 왠지 나도 할 수 있겠다는 생각이 들었거든.

그즈음 초등학교, 중학교 동창이었던 동윤이와 오랜만에 연락이 닿았어. 서울에서 지내고 있다는 소식을 들었지. 신림동에서 동생과 함께 살다가 마침 동생이 취직해서 떠나는 바람에 방이 하나 빈다더라. 그래서 나는 동윤이에게, 아직 확실하진 않지만 내가 부모님을 설득하게

되면 아르바이트와 자취방을 구할 때까지 잠시 신세를
져도 되는지 묻고 허락을 받았지.

　이제 정말 부모님을 설득할 일만 남았는데, 도무지 용
기가 나질 않았어. 그렇게 흙빛으로 지내던 어느 날, 학
교 친구들과 술자리가 있었어. 워낙 술이 약해서 주량 이
상을 마시면 무조건 잠이 들던 내가, 그날은 잠도 안 들고
얼마나 많이 마셨나 몰라.

　그 상태로 집에 돌아간 나는 일부러 티가 나게 씩씩거
리면서 문을 쾅 닫고 방으로 들어갔어. 아버지가 잠긴 방
문을 쿵쿵 두드리며 "너 안 나와!?" 하시는데, 정신이 맑
아지더라. 나는 사라져 가는 취기를 애써 붙들면서 괜히
더 취한 목소리로, "어차피 내 말은 듣지도 않잖아!" 하면
서 으름장을 놨어. 결국 부모님께서 한발 물러나 조금 가
라앉은 목소리로 이야기를 들어 볼 테니 나와 보라고 달
래셨어. 나는 슬며시 문을 열고 나가 부모님 앞에 무릎을
꿇고 앉았지.

　긴 시간 동안 가슴에 품고 있던 꿈인데, 막상 도전해 보
겠다고 말하려니 왜 그렇게 입이 안 떨어지던지. 나는 한

참 적막이 흐른 뒤에야 겨우 입을 열 수 있었어.

"학교 방송국에서 대학 생활 내내 방송을 해 보니까, 성우 일이 정말 적성에 잘 맞는 것 같은데……."

그렇게 말하고 나니 이번에는 너무 많은 말이 목구멍을 틀어막는 느낌이었어. 문예반에서 있었던 여러 일들과 첫사랑과 헤어진 일, 군대에서 불침번을 서며 혼자 낭독 연습을 했던 시간과 아르바이트를 하며 겪었던 일들, 성우 지망생 커뮤니티에서 만난 사람들 이야기까지. 무수히 많은 말이 속에서 뒤죽박죽되어 부글부글 끓기만 했어. 그것들은 결국 어떤 단어가 아닌 눈물로 쏟아져 나왔어. 나는 그냥 엉엉 울었지. 눈물 때문에 앞에 앉아 계시던 부모님의 얼굴이 점점 뿌옇게 되니, 내 꿈도 이렇게 뿌예지는구나 싶더라.

"나는…… (훌쩍훌쩍) 성우가…… (*끄억끄억*) 너무 되고 싶어…… 으아아앙."

눈물이 앞을 가린 탓에 부모님이 나의 진심에 흔들리고 있는 건지, 그저 나를 딱하게 쳐다보는 건지 분간이 안

됐어. 와이퍼가 고장 난 차를 타고 정신없이 빗속을 달리다가 어느새 맑은 하늘을 만난 것처럼, 나는 그렇게 성우 지망생이 됐어.

가끔 그런 생각이 들어. 성우 공채 시험에 합격했던 날보다 성우 지망생이 되었던 날이 더 기쁘지 않았나 하는 생각. 부모님 앞에서 엉엉 울며 내 진심을 털어놓았을 때 한 가지를 배웠거든. 우기는 사람과 설득하는 사람 위에 우는 사람이 있다는걸. 단어가 되지 못한 목소리가 때로는 더 진실한 목소리라는 걸 말이야.

2

나의 목소리를
가장 사랑할 사람

너의 목소리를
녹음해 봐

부푼 꿈을 안고 대전을 떠난 나는 서울에서 성우 지망생 생활을 시작했어. 옷가지 몇 벌과 낡은 노트북 한 대, 세면도구가 담긴 검은색 더플백이 내 짐의 전부였어. 친구 집에 잠시 얹혀살면서 아르바이트와 자취방을 알아봤지. 첫 자취방은 신길역 부근이었어. 여의도에서 서울교라는 작은 다리를 건너면 있는 동네인데, 그 부근이 집세가 저렴했던 터라 그쪽에 자취방을 얻었어. 아르바이트는 오전에만 하기로 했어. 오후 내내 연습을 하기 위해서였지. 성우 학원 수업은 일주일에 두 번이었지만 연습은 매일 할 계획이었거든. 누구의 눈치도 보지 않고 연습할 수 있다니, 무척 설렜어!

학원에는 실제 녹음실처럼 꾸며진 작은 스튜디오가 있어서 프로 성우들처럼 실습을 할 수 있었어. 대학교 방송국에서 마이크를 사용해 보긴 했지만, 그때는 녹음보다는 주로 생방송을 했었거든. 내가 방송실 마이크를 통해 말하는 목소리가 캠퍼스 곳곳에 설치된 스피커로 송출되는 식이었지. 그래서 내 목소리가 바깥에서 어떻게 들리는지 들어 본 적은 거의 없었어.

대신 집에서 혼자 컴퓨터에 헤드셋을 연결해 녹음해 보거나, 군대에서 불침번을 서면서 MP3나 어학기로 내가 책 읽는 소리를 녹음해 보고는 했어. 그래서 성우 지망생 생활을 시작할 때 나에게는 희망이 있었지. 혼자서 오래 연습을 해 왔으니, 조금만 배우면 금방 공채 시험에 합격하지 않을까 하는 희망 말이야.

그런데 생각보다 잘 안되더라. 처음에는 도대체 뭐가 문제인지 알 수 없었어. 연습실에서 리딩(reading)을 할 때는 잘되던 연기가 녹음 부스에만 들어가면 이상해지는 경우가 많았어. 내 몸은 내 몸 같지 않고, 목소리는 공중에 둥둥 떠다니는 느낌이었어. 긴장 때문이었을까? 아니면 내 목소리 톤이 워낙 높아서였을까? 여러 원인이 복합된 문제였겠지만, 지금까지 나의 경험에 비추어 가장 주된 이유를 꼽자면 '나 자신의 목소리를 너무 몰라서'였어.

우리는 태어날 때부터 별다른 노력 없이 목소리를 내기 때문에, 자신의 목소리를 잘 안다고 착각하기 쉬워. 하지만 정말 그럴까? 지금 한번 스마트폰의 녹음기를 켜고 아무 말이나 짧게 녹음해 보자.

"안녕하세요? 저는 ○○○입니다. 저는 올해 ○○살이고 ○○에 살고 있습니다."

이번에는 재생 버튼을 눌러 녹음된 목소리를 들어 보자. 처음 해 보는 사람이라면 십중팔구 '내 목소리가 이렇다고?'라는 생각이 떠오를 거야. 괜찮아, 당황할 필요 없어. 원래 그렇거든. 나의 목소리는, 입 밖으로 나간 소리가 공기를 거쳐 귀로 전해지는 진동과 몸속에서 뼈가 울리는 진동이 더해져서 들려. 다른 사람들에게는 내 뼈가 울리는 진동이 쏙 빠지고 전해지지. 녹음기에도 당연히 공기를 거친 목소리만 녹음돼. 그래서 녹음된 목소리가 다른 사람들이 듣는 내 목소리에 가깝다고 봐야 해. 그건 대개 생각보다 조금 앙상하고 톤도 높게 느껴져.

이처럼 내 목소리를 제대로 알기 위해 해야 할 첫 번째 과제는 '녹음된 나의 목소리에 익숙해지기'야. 목소리와 관련된 많은 책에서 글을 낭독하는 목소리를 녹음해 보라고 권하는데, 그것도 좋은 방법이지만 나는 다른 제안을 하고 싶어. 자신이 생각하기에 정말 편하게 지내는 사람과 수다를 떨 때의 목소리를 녹음해 보라고 말이야. 나를 꾸밀 필요가 없는 대상과 내가 좋아하는 주제에 대해 즐겁게 이야기할 때 편안한 목소리가 나올 확률이 높아. 그때 내 목소리가 어떤지 알아야 해. 좋은 성우가 되려면, 바로 그 가장 편안한 목소리가 좋아져야 하거든.

당시에 나는 이걸 알지 못했어. 높은 톤을 감추기 위해 목소리를 일부러 굵게 내는 습관이 배어 있었거든. 나의 경우와 반대로 굵은 목소리가 주는 둔한 느낌이 싫어서 일부러 높은 톤을 내는 습관이 있는 사람들도 있어. 목소리에 가면을 쓴 셈이야.

'편한 사람'과 '흥미로운 주제'라는 두 가지 조건이 갖춰지면 가면을 벗어 놓게 돼. 가면이 이미 너무 강하게 붙어 버린 사람은 몇 가지 기술적인 연습을 더 해야겠지만, 이 방법이 최대한 본래의 목소리에 가까워지도록 하는 데 도움이 될 거야. 성우가 되고 싶은 사람뿐만 아니라, 모두가 이 경험을 꼭 해 보길 바라. 이걸 '내 목소리 알기' 1단계라고 하자. 나는 이 방법이 나 자신을 거울보다 훨씬 더 제대로 비추어 보는 수단이라고 생각해.

성우가 되고 싶거나 목소리로 무언가를 이루고 싶은 사람이라면 여기서 한 발짝 더 나아가 보자. 자, 2단계야. 앞서 내가 연습실에서는 꽤 잘되던 연기도, 스튜디오 안에만 들어가면 이상해졌다고 했잖아? 그건 온몸을 뒤덮는 긴장 때문이기도 했어. 마치 카메라만 들이대면 어색해지는 미소처럼, 마이크 앞에서 몸과 목구멍이 평소와 다른 상태가 되어 버렸지.

그런데 보통 사람은 잘 모르는 원인이 따로 있었어. 내가 아니라, 녹음실이라는 공간 때문이었지. 우리가 일상

생활을 하는 거의 모든 공간에는 '반향(反響)'이 있어. 반향은 소리가 어딘가에 부딪쳐서 반사한다는 뜻이야. 하지만 녹음실은 안 그래! 녹음실은 소리가 바깥으로 새지 않도록 '방음' 처리가 되어 있을 뿐만 아니라, 소리가 이리저리 튀어서 울리지 않도록 '흡음' 처리도 되어 있거든.

녹음실 안에 반향이 있으면 소리의 원형을 깔끔하게 낚을 수가 없어. 소리의 원형을 깔끔하게 낚아내야 하는 이유는, 실제 녹음한 장소는 녹음실이지만 듣는 사람에게는 그 목소리가 다른 장소에서 들려오듯 가공해야 하기 때문이야. 애니메이션 화면으로는 자동차 트랙이 펼쳐지는데 소리가 화장실에서 말하는 듯 울린다면? 몰입이 완전 깨지겠지!

아무 울림이 없는 녹음실을 처음 겪는 사람은, 일상적이지 않은 곳에서 공간감을 잃은 듯한 기분을 느낄 수밖에 없어. 먹먹하고 답답할 거야.

그 안에서 다시 찾아내야 해. 반향에 의지하지 않은, 진짜 내 목소리를 말이야. 공간의 어떤 울림에도 의지하지 않고 꾸미지 않은 목소리를 내는 방법을 터득해야 해. 그게 목소리 연기의 시작점이야. 1단계에서 깨달은 '나의 목소리' 기억나? 그걸 '녹음실이라는 공간에서도 잃어버리지 않는다', 이게 2단계의 핵심이야. 조금 어려울 수 있지만 이것까지 해낸다면 너의 목소리는 특별한 느낌을 지니게 될 거야.

성우가 될 상인가?

어느 날 학원 수업을 마치고 같이 성우 공부를 하던 형과 식당에서 밥을 먹는데, 형이 우렁찬 목소리로 이렇게 말했어.

"여기 반찬 좀 더 주세요!"

그러자 반찬을 가져다 주신 직원이 그러셨어.

"아유~ 총각, 목소리가 정말 좋네. 나는 TV에서 나오는 소리인 줄 알았어!"

사실 성우가 아니라 성우 지망생만 되어도 이런 말을 듣는 사람이 많아. 하지만 나는 살면서 그런 칭찬을 들어본 적이 없었어. 대학교 방송국에서 일할 때 마이크를 거친 목소리가 의외로 듣기 좋다라는 말이 내가 목소리로 받았던 유일한 칭찬이었지. 그런 나에게도 희망을 주는 말이 있었어.

'성우는 그저 목소리가 좋은 성대모사꾼이 아니다. 성우는 연기자다.'

성우에게 필요한 자질은 좋은 목소리가 아니라 연기력이라는 뜻이야. 목소리 칭찬을 받은 적은 많지 않았지만 현업에서 일하는 성우들이 인터뷰나 공개 특강에서 자주 하는 말이니 나는 철석같이 믿었어. 덕분에 희망을 갖고 의지를 불태울 수 있었지.

그런데 의지만으로 실제 생활까지 감당하기는 쉽지 않았어. 수업이 끝나고 식사를 하러 갈 때면 다른 친구한테 얻어먹어야 할 때가 많았거든. 내 음식값을 계산하기도 빠듯해서 친구에게 밥을 사 주는 일은 꿈도 꿀 수 없었어.

서울에 온 지 반년쯤 지났을 때 GS홈쇼핑에서 자체 성우를 뽑는다는 소문이 들렸어. 성우를 선발해서 협회에도 소속될 수 있도록 타진 중이라는 이야기도 있었지. 얼마 지나지 않아 정말로 모집 공고가 떴는데, 협회에서 받아들이진 않았다고 하더라고. 그러니까, 합격해서 활동을 하게 되더라도 정식 프로 성우가 아닌 '언더 성우'로 활동하게 된다는 뜻이었어. 그때의 나는 금전적으로 어려웠던 터라 그걸 따질 상황이 아니었지.

홈 쇼핑 방송국에 오디션을 보러 갔더니, 출연자 대기실에서 여러 응시자들이 목을 풀고 있었어. 저마다 대본을 들고 "오늘 딱 하루만 주어지는 혜택!" "절대 놓치지 마세요!" 등의 멘트를 연습하고 있더라. 나 역시 반년 정도 학원에서 연기 공부와 연습을 열심히 했지만, 그 자리에서 '연기력'이란 전혀 다른 세상의 말 같았어. 다른 응시자들의 목소리가 어찌나 쩌렁쩌렁하고 귀에 팍팍 꽂히는지. 정신이 번쩍 들더라고. 맞아, 이건 홈 쇼핑이잖아. 시청자의 구매 욕구를 자극할 수만 있다면 어떤 목소리라도 끌어다 써야 했지.

그렇게 나는 오디션장 마이크 앞에 섰어. 커다란 촬영 스튜디오 한가운데 스탠드 마이크가 설치되어 있고, 2~3미터 떨어진 위치에 방송 관계자들이 주욱 앉아 있었어. 나는 심호흡을 크게 하고 힘차게 외쳤지.

"이 구성은! 오직!! GS홈쇼핑에서만!!!"

아무것도 모를 때였는데 궁색한 상황에 힘입어 목소리가 잘 모아졌는지 나는 용케 합격을 했어. GS홈쇼핑 방송국은 자취방에서도 멀지 않아 일하러 다니기도 편했고, 일하는 시간과 방식도 내가 다니던 성우 학원 수업에 지장이 없었지. 각 프로그램 담당 PD님이 그때그때 출연 여부를 묻는 '반 프리랜서' 형식으로 일했거든. 협회에 소속되는 방송사 합격은 아니었지만, 그래도 서울에 온 지 6개월 만에 그런 성과를 냈다는 사실 자체가 나에게는 자신감을 엄청 끌어올려 줬어.

하지만 그 뒤 3년이 지나도록, 협회 성우 공채 시험에 1차 합격도 못하는 나날이 계속됐어. 나는 홈 쇼핑 방송국 안에서도 다른 동기들에 비해 캐스팅 빈도가 떨어지는 편이었지. 엄마는 내가 서울에 올라온 지 얼마 지나지 않아 방송에 목소리가 나오니 처음에는 엄청 신이 나셨다가, 시험에 계속 떨어지고 방송 횟수도 줄어드니까 불안해지셨나 봐. 방송이 끝나면 엄마한테 전화를 걸어 어땠는지 후기를 묻곤 했는데, 한번은 이렇게 말씀하셨어.

"애초에 네 목소리가 성우를 하기에는 너무 개성이 없는 게 아닐까?"

그 말이 유독 속상하게 들렸던 이유는 내 안에서도 같은 의심이 피어오르고 있었기 때문이야. 멘트에 진심을 담고 독특한 말투를 개발해도, 목소리 자체가 소위 말하는 '성우상'으로 타고난 사람과 비교될 수밖에 없지 않을까? 오디오 드라마나 더빙에서 두각을 나타낼 수 있을까? 운 좋게 합격을 하더라도, 과연 얼마나 갈 수 있을까? 그런 의심들이 몽글몽글 솟았지.

하지만 그토록 어렵게 시작한 성우 지망생 생활을 간단히 접을 수는 없었어. 나는 다짐했어. 딱 30살이 되기 전까지만 도전하자. 그때까지 연기력을 최대한 갈고닦아 보자. 그런데 이런 생각이 들었어.

'연기력을 어떻게 측정하지?'

나는 영화 〈빌리 엘리어트〉(2001)의 한 장면을 떠올렸어. 영화 속에는 권투를 배우라고 도장에 보내 놓았더니 엉뚱하게 발레를 배우는 빌리 때문에 울화통이 터지던 빌리의 아빠가 등장하는데, 어느 날 우연히 빌리가 혼자 연습하는 모습을 보게 돼. 빌리는 누가 보고 있는지 알지 못한 채 자신의 동작에만 열중하지. 그 모습을 몰래 보던 아빠는 그만 울컥 눈물을 흘리는데, 그 후로 마음을 고쳐 먹고 빌리의 발레 수업을 적극적으로 지원하기 시작해.

그래서 나는 '나도 한번 연기로 엄마를 울려 보자. 그렇게 된다면 어느 정도 연기력이 검증되지 않을까?' 했지. 그런 목표를 품고 연습에 열을 올렸어. 그리고 오랜만에 대전에 간 날, 엄마에게 진지한 얼굴로 말했지.

"엄마, 성우는 연기자야. 목소리가 어떤지보다 연기가 훨씬 중요해. 지금부터 내가 목소리 연기가 뭔지 보여 줄게."

그러고는 준비한 대사를 시작했어. 세자가 대왕대비에게 하는 말이었지.

"어마마마, 세상에 나가 보니 궁에서 듣던 것과는 전혀 딴판이었습니다……."

나는 예닐곱 줄 정도 되는 대사를 담담하게 읊었어. 엄마는 애가 갑자기 왜 이러나 하는 어리둥절한 얼굴로 나를 바라봤어. 나는 그러거나 말거나 대사에 열중했지. 대사를 다 끝내고 고개를 들어 엄마 얼굴을 봤는데…… 세상에, 눈에 눈물이 잔뜩 고여 있는 거야!

'성우는 목소리가 아니라 연기로 승부 하는 게 맞구나.'

그때 얻은 자신감 덕분인지, 나는 그 시점부터 여러 방송사에 2차, 3차 시험까지 올라가기 시작했어. 올라가다 떨어지길 반복한 끝에, 마침내 2010년 가을에 대원방송 2기 공채 시험에 합격했지.

성우 생활이 어느 정도 자리를 잡은 후에, 나는 엄마한테 이렇게 물었어.

"엄마, 그때 내 연기가 그렇게 감동적이었어? 뭘 눈물까지 흘렸대."

그러니까 엄마가 그러시더라.

"아니, 안쓰러워서 그랬지. 저렇게 하고 싶어 하는데."

그 전까지만 해도 나는 빌리 아빠가 우연히 목격한 빌리의 춤이 아름다워서, 초보자의 춤치고 너무 대단해서 그의 마음이 움직였다고 믿었거든. 그런데 엄마의 말을 듣는 순간, 그게 아닐지도 모르겠다는 생각이 들었어.

'지금 기회를 준다면, 어쩌면 이 아이는 생각하지 못한 어느 지점에 도달할지도 모르겠구나. 언젠가 무성한 잎사귀와 열매를 맺게 될지도 모르는 싹인데 무참히 잘라내선 안 되겠다.'

엄마가 이런 마음이 들도록 만들었던 게 과연 나의 재능이나 실력 때문이었을까? 이제 겨우 그 일의 가장자리를 더듬어 가기 시작한 단계에서 말이야.

나는 타고난 신체 조건이나 재능, 의식적인 연습과 노력마저 무색하게 만드는 간절함이 존재한다고 믿어. 지금 내가 얼마나 능숙한지, 남들에게 어떻게 비치는지와 상관없이 그저 그 일을 정말 하고 싶다는 순수한 열정. 다른 곳이 아닌, 오직 그 자리에서만 뿌리를 내리고 싶다는 우직한 절실함. 물론 그것만으로 자신이 생각하는 도착점까지 완주를 해내기 어려울 수도 있어. 하지만 그 열정과 절실함이 나만의 방식으로 다음 문을 열게 해 줄 거야.

여기서
멈출 수 없어

내가 성우가 되기 전이었던 2008년 가을. 프리랜서 성우만으로 애니메이션 더빙 작품을 만들던 대원방송이 자사 성우를 운용하기 위해 공개 채용을 시작했어. GS홈쇼핑과 달리, 이 공채 시험에 합격해 대원방송 전속 성우가 되는 사람들은 협회 성우로 인정되었지.

1차 시험은 음성 파일 제출, 2차와 3차는 현장에서 더빙 실기 테스트, 4차 최종 면접으로 진행됐어. 나는 이 시험에서 성우 지망생이 된 후 처음으로 1차를 통과했어. 2차에서는 비교적 어리거나 멋진 주인공 캐릭터의 대사가 출제됐어. 합격한 사람에게는 전화가 왔고, 불합격한 사람에게는 문자가 왔지. 나는 2차 시험을 본 후에 다행히 전화를 받았어.

3차 실기에서는 2차 때보다 거친 악당 캐릭터의 대사가 나왔고, 즉흥 연기도 해야 했어. 이전에 보았던 공채 시험의 실기와 달랐던 점은, 실기 테스트 문제가 미리 주어졌다는 거야. 실제 성우들처럼 시사(성우가 대본과 영상 등 더빙 자료를 보고 미리 연습하는 작업)할 자료를 먼저 주고 현장에서 테스트를 했어. 그때는 내가 처음 다녔던 성우 학원을 떠나 MBC 11기 성우 안장혁 선배님께 배우던 시기였지. 선배님은 거친 캐릭터와 즉흥 연기, 애드리브로는 한국 성우들 중에서도 손에 꼽히는 분이셔. 나는 3차 시험 전날 선배님과 만나 특훈을 했어.

"지금 너무 착해. 좀 더 사악하게!"

"선생님, 이런 덩치 큰 악마 캐릭터를 소화하기에는 제 목소리가……."

"아니야. 그런 생각 하지 마. 어떤 연기든 목소리가 아니라 심장으로 하는 거야. 지금 억지로 사악한 느낌을 내려고 힘을 너무 줬어. 힘을 쭉 빼 봐!"

"하지만 힘을 빼면 목소리가 더 가늘어지는데……."

나는 선배님에게서 이런 확신을 느낄 수 있었어.

'다른 건 몰라도, 이 3차 시험만큼은 내 전문 영역이다. 이렇게 미리 대본을 보고 연습까지 시켰는데, 여기서 내 제자가 떨어지는 일은 없다!'

그 덕분에 내 의지도 불타올랐지.

좋아, 심장으로 승부 한다!

그때 심장이 아니라, 고등학교 시절 내내 베란다에서 굵은 목소리를 연습했던 가락으로 시험을 봤다면 어땠을까? 그랬다면 다시 한번 문자가 아닌, 전화를 받을 수 있지 않았을까? 나는 옥수역 환승 통로에서 불합격 문자를 확인하며 잠시 그런 후회를 했어. 하지만 그렇게 앉아만 있을 틈이 없었지. 같은 해 11월, KBS 34기 전속 성우를 뽑는 공채 시험이 있었거든.

당시 KBS 성우 시험에는 음성 파일 테스트가 없었고, 1차, 2차 모두 현장에서 라디오 드라마 대본을 즉석에서 받아 연기하는 방식으로 치러졌어. 시험장에서 다섯 문항의 단문 대사가 담긴 A4 용지를 받고 약 10분간 연습할 시간이 주어졌어. 각자의 차례가 오면 같은 조 5명이 함께 녹음 부스에 들어가고, 한 사람씩 마이크 앞에 나가서 테스트를 받는 식이었지.

다섯 문항 중 가장 자신 있는 대사를 골라서 연기하면, PD님의 지시에 따라 몇 문항을 더 하기도 했어. 문항을 요청받은 사람이 통과할 가능성이 높았는데, 나는 그전까지 한 번도 추가 요청을 받아 본 적이 없었어. KBS는 전속 기간 동안 라디오 드라마에만 성우를 투입하기 때문에 대체로 애니메이션 채널보다는 중후한 목소리를 선호했거든. 가끔씩 어린 목소리를 가진 성우를 뽑기도 했지만, 가뭄에 콩 나듯 뽑는 그 자리를 노리기에는 무리수가 있었어. 원래 타고난 소리로 승부 해야 할까, 아니면 베란다에서 갈고닦은 굵은 소리를 꺼내 봐야 할까, 그렇게 갈팡질팡하던 나는 시험을 며칠 앞두고 그만 목감기에 걸리고 말았지.

그때 걸린 목감기가 내 성대를 대체 어떤 모양으로 부풀게 했는지, 힘을 들이지 않아도 굵고 낮은 소리가 툭툭

나왔어. 나는 처음으로 KBS 성우 시험 2차까지 올라갔어. 합격자 명단에서 내 이름을 보고도 믿기지 않았지. 나에게 이런 기회가 오다니! 복도에 서면 여의도가 내려다보이는 곳에 자취를 했던 게 운명이었나 싶었어. 바로 전시험에서 1차 통과를 했던 지망생들은 바로 그다음 시험에서 최종까지 합격하는 경우가 많다는 통계도 있었거든. 희망에 부풀었고, 기분이 좋았고, 그래서인지 감기도 금방 떨어졌어.

그리고 나는 2차 시험에서도 뚝 떨어졌지.

2009년 초, 이번에는 투니버스 7기 공채 시험 공고가 떴어. 다른 방송사는 전속 기간이 2년인데, 투니버스만 3년이어서 공채 시험도 그만큼 드문 편이었어. 내가 대학생일 때 친분이 있었던 호산이 형이 투니버스 6기 성우로 합격해서 활동하고 있었어.

1차 음성 파일 테스트 통과. 나는 같이 공부하던 정환이와 나란히 올라갔어. 다시 한번 현장에서 시험을 볼 기회가 주어졌지. 2차 현장 테스트 그리고 3차 면접이 남았어. 최종적으로 남자 4명을 뽑는데, 2차에 총 10명 정도가 올라갔으니 이번에는 정말 되겠구나 싶었어.

2차 시험은 두 개의 조로 나뉘어서 진행됐어. 나는 정환이와 함께 1조에 속했어. 투니버스는 대원방송처럼 애니메이션 더빙을 주로 하는 곳이지만, 현장 시험 방식은 KBS와 비슷했어. 대기하는 동안 다섯 문항 정도가 들어 있는 단문 대본을 연습하도록 하고, 자신 있는 대사를 먼저 연기한 후 PD님의 추가 지시에 따르는 방식이었지.

한참 시험 문항들을 연습하는데, 한 선배가 스튜디오로 안내를 해 줬어. 나는 넓은 더빙 스튜디오 안으로 들어가 뒤편에 마련된 의자에 같은 조원들과 나란히 앉았어. 내 순서는 세 번째였지.

나는 소리를 꾸미지 않고 낼 수 있는 청소년 대사를 처음으로 했어. 죽어 가는 친구에게 간절한 마음으로 부르짖는 대사였어. 열심히 하고 나니 다른 대사 요청이 들어오더라고. 그래서 이번에는 호탕한 사냥꾼 대사를 했지. 그랬더니 그 사냥꾼 대사를 좀 더 나이 들어 보이게 하라는 거야. 그런데 한바탕 부르짖고 나서 또 한껏 소리를 쳤더니, 도무지 소리가 가라앉지를 않았어.

2차 합격자 발표 날, 가슴을 졸이면서 공지를 기다리고 있는데 호산이 형에게서 전화가 왔어. 그런데 형이 한참 동안 말이 없는 거야. 그 적막만으로도 무슨 상황인지 대충 알겠더라고.

"……내가 너무 궁금해서 책상에서 명단을 슬쩍 봤는데, 네 이름이 없더라."

평소에 장난기 많은 형이 이번에도 또 나를 놀리고 있는 게 아닐까, 하며 다음 말을 기다렸지만 형은 또다시 깊은 한숨을 내쉬었어. 그날 저녁, 나는 서울에 올라온 뒤 처음으로 울었어. 저녁까지 꾹꾹 참다가 자기 전에 이를 닦으며 거울 속의 나와 눈이 마주쳤는데, 그 눈이 점점 빨개지더니 엉엉 울음이 쏟아지더라.

보이스 피싱 수사를 위해 경찰청에서 도입한 목소리 분석 기술에 대한 뉴스를 본 적이 있어. 나는 그 뉴스에서 '성문'에 대해 알게 되었는데, 사람의 목소리에도 지문처럼 변하지 않는 고유성이 있대. 사람마다 음성 기관의 모양이나 발성 습관에 따라 특정한 주파수가 생기는데, 그게 바로 성문, 즉 목소리의 지문이라는 거지. 목소리를 아무리 다르게 내더라도, 그 목소리가 만드는 파형의 그래프는 절대 바뀌지 않는대.

그런데 성우들은 '변성'이라는 기술을 써. 여자 성우들은 여자 아역, 남자 아역, 청소년, 중년, 노역 목소리를 하나씩 갖고 있는 게 보통이야. 남자 성우 중에도 변성을 잘하는 사람들이 꽤 많지. 목소리 분석기에 넣으면 성문은 그래프로 여지없이 드러나 보이겠지만, 변성과 캐릭터의 그림이 합쳐지면 시청자에게는 전혀 다른 목소리처럼 들릴 수 있어.

그런 점에서 타고난 '목소리'로 승부 해야 할지 숙련된 '연기력'으로 승부 해야 할지, 그도 아니면 정말 '심장'이라도 꺼내야 할지, 그게 내 고민의 화두였어. 그날 엉엉 울던 나는 어릴 때 동생과 갖고 놀던 인형들이 생각났어. 맞아, 나는 그때부터 변성을 하며 놀았는데! 그런데 왜 나는 성우 시험에서 제대로 변성을 해 본 적이 없었을까? 타고난 목소리도, 숙련된 연기력도 좋지만, 오랫동안 하

고 놀던 것만큼 강력한 게 있을까? 나는 왜 그 인형 놀이
가 쓸데없는 일이었다고 단정 지었지?

그렇게 생각하자 울음이 뚝 그쳤어.

미래를 위한 연습

이런 강의가 있다고 가정해 보자.

'총탄이 쏟아지는 하늘에서 무사히 살아 돌아오는 방법.'

강의 기획자는 이렇게 말해.

"실제 전투가 벌어지기 전, 우리에게는 딱 한 대의 카메라가 있었습니다. 우리는 전투기 조종사 지망생들에게 실감 나는 현장을 직접 보여주고 싶었어요. 하지만 누가 전투에서 살아 돌아올 사람인지 예측하기란 쉬운 일이 아니었습니다. 우리는 그간의 훈련 성적과 전투 실적을 토대로 면밀하게 분석했어요. 그리고 마침내 그 주인공을 점찍을 수 있었습니다. 예상은 틀리지 않았죠. 우리의 주인공은 전투기와 함께 무사히 귀환했습니다. 소중한 카메라도 함께 말이죠. 덕분에 우리는 그가 전투 중 무차별로 쏟아진 30,000개의 총탄을 어떻게 피할 수 있었는지, 그 생생한 장면을 다시 볼 수 있게 되었습니다. 여기 그 주인공을 모셨습니다. 그가 가져온 장면을 모두 함께 시청해 보시죠."

총탄이 쏟아지는 하늘에서 무사 귀환하기. 나는 성우 공채 시험이 꼭 그렇다고 느꼈어. 성우 공채 시험의 경쟁률은 300~500 대 1. 300~500대의 전투기를 전장에 보내면 그중 한 대가 귀환한다는 이야기야. 공채 시험이 한 차례 지나가고 나면 내 몸은 총알구멍이 숭숭 뚫린 전투기가 됐어. 내가 추락한 곳이 어디인지, 내 모습이 원래 어땠는지 아리송할 정도로 상처투성이였지.

사람들은 주인공의 이야기가 궁금할 거야. 생생하게 녹화된 장면을 직접 보고 싶겠지. 화면 속 주인공은 곡예에 가까운 자신의 비행 장면을 뿌듯하게 바라보며 어떻게 저럴 수 있었는지 신나게 이야기해. 어떤 훈련을 했고 어떻게 일상을 보냈는지. 주인공이 되고 싶은 이들은 수첩에 메모를 하며 열심히 들을 거야. 그러다 보면 몽글몽글 자신감이 피어오르지.

'나도 저렇게만 하면, 저 자리에 설 수 있겠다.'

성우 시험을 준비하던 나 역시 마찬가지였어. 하지만 그다음 시험에서도 내 전투기는 총알받이 신세, 내 마음은 만신창이. 왜였을까?

살아 돌아온 사람도 실은 자신에게 벌어졌던 일을 정확히 알 수 없거든. 내가 의도적으로 피한 총탄은 설명할 수 있지만, 나를 알아서 피해 간 총탄은 설명할 길이 없어. 어쩌면 무사 귀환의 결정적인 요소일지 모르는 그 총탄에 대해서는 이렇게 얼버무릴 뿐이야.

"운이 좋았어요."

이번에는 축구 경기를 생각해 보자. 그라운드 가장자리를 돌파한 우리 팀 윙어가 골문 중앙을 향해 크로스를 올려. 중간으로 잘라 들어가던 우리 팀 미드필더, 헤딩 슛! 아, 하지만 상대편 골키퍼는 얼떨결에 그 슛을 펀칭으로 튕겨 내. 그런데 공이 튕겨진 그 위치에 우리의 믿음 직한 스트라이커가 딱 서 있지. 그대로 논스톱 슛, 골인!

이런 장면의 하이라이트 영상에는 다음과 같은 댓글이 달릴지도 몰라.

'잘 주워 먹었네.'

'운도 참 좋다.'

'저런 공은 나도 넣겠다.'

정말 그럴까? 어쩌다 그랬다면 운일 수도 있지만, 세계 최고 수준의 스트라이커들은 실제로 위와 같은 장면을 자주 연출해. 그런데 전문가들은 왜 그들에게 '운이 좋은 선수'라고 하지 않고 '위치 선정 능력이 뛰어난 선수'라고 말할까?

앞서 이야기한 조종사도 총탄을 피해 갈 경로를 잘 선택한 셈이니 위치 선정 능력이 뛰어났다고 할 수 있어. 물론 운도 따랐겠지. 하지만 자신을 알아서 피해 간 총탄에 게 왜 그랬느냐 물을 수는 없잖아.

운만큼이나 설명하기 어려운 점이 하나 더 있어.

직관.

이성적 사고를 거치지 않고 직관적으로 움직였던 순간에 대해서는 어떤 설명을 하기 힘들어. 그런 판단은 순식간에 이뤄지거든. 이성적 판단을 초인적으로 해냈다거나 억세게 운이 좋았다고 해도, 주인공이 좋은 결과를 낸 데는 변함이 없어. 하지만 그런 설명만으로는 듣는 입장에서 아무것도 배울 수 없지.

그런데 운과 달리 '직관력'은 키울 수 있는 능력이야. 이런 말을 들어 봤을 거야.

'경기의 흐름을 읽는다.'

위치 선정을 잘하는 비결은 경기 흐름을 읽는 데 있어. 다시 말해 '맥락'을 안다고 할 수 있지. 숙련된 체스 기사는 경기 중간에 체스 판을 누군가 뒤집어엎어도 말의 위치를 기억해 다시 놓을 수 있다고 해. 단지 기억력이 좋아서가 아니라 경기의 맥락을 기억하기 때문에 가능한 일이지.

맥락.

맥락을 읽으면서 실전 경험을 많이 하게 되면 그때 직관력이 성장할 수 있어. 그러니 의식적인 연습을 통해 맥락을 읽어 내는 능력을 길러야 해.

투니버스 공채 시험에 떨어지고 세면대 앞에서 오열하다가, 문득 인형 놀이를 했던 기억이 떠올랐다고 했잖아? 그냥 슬퍼서 어린 시절이 떠올랐나 하고 넘길 수도 있었지만, 나는 지금의 맥락에서 왜 그때가 떠올랐을까 생각했어. 그러다가 이런 질문들이 뒤이어 따라왔지. 만약 나의 하루하루에도 맥락이 있고, 그 맥락이 성우로 살아가는 인생 쪽으로 흐르고 있다면? 그렇다면 나는 무엇으로 승부 해야 할까? 새로운 능력을 개발하고, 약점을 감추는 연습도 중요하겠지. 하지만 내가 나도 모르게 오랫동안 했던 일이, 사실은 어떤 미래를 위한 연습이었다면?

나는 울음을 그치고 자취방 책상에 앉아 노트를 펼쳤어. 그리고 '나도 모르게 오랫동안 했던 일'을 차근차근 적어 봤어.

① 인형 놀이. 경력 5~6년. 변성과 애드리브에 도움 됨.
② 더빙 외화 시청. 경력 10년 이상. 영화를 좋아하지

만 영화관에 자주 못 가서 대신 TV 더빙 외화를 빼놓지 않고 봤음. 데이터베이스 축적에 도움 됨.
③ 문예반 활동. 경력 2년. 여러 장르의 문학 작품 습작. 특히 문학제 때는 대본 집필부터 배경 음악 선정과 무대 연출, 목소리 연기까지 모든 과정을 직접 소화하며 담력 개발. 대본 파악과 캐릭터 설정에 유리.

이 시기는 안장혁 선배님께 배운 지 2년이 되어 가던 때이기도 해. 배워야 할 게 아직 많았지만, 맥락상 떠나야 할 시점이라는 느낌이 강하게 왔어. 하지만 선배님께 말씀드리기가 참 곤란하더라고.

이러지도 저러지도 못하다가, 어느덧 해가 바뀌어 2010년이 됐어. 그해 1월, 나는 종구 형을 비롯한 몇몇 성우 지망생 친구들과 함께 스키장에 갔다가, 왼쪽 어깨 바로 아래쪽 팔뼈가 부러지는 사고를 당했어. 한 달 동안 누워 있게 됐지. 수술을 받고 병원에 2주간 입원해 있다가 퇴원을 한 후에는 가족이 있는 대전에서 지냈어. 혼자서 머리도 감을 수 없었거든. 어릴 때 같이 인형 놀이를 하던 동생이 머리를 대신 감겨 줬어.

불운하고 우울한 한 해의 시작이었지.

한순간도
떠나지 않는다면

스키장에 간 건 종구 형의 생일을 축하하기 위해서였어. 지금은 바뀌었지만, 그때 갔던 강원도 횡성의 리조트 이름이 '성우리조트'였어. 이름도 어쩜 그랬을까?

나의 스노보드 실력은 아직 초급 수준이었어. 조금씩 덜 넘어지기 시작할 때였지. 사고가 났던 순간에 역지에 걸려서 공중에 붕 떴다가 무의식적으로 왼팔을 땅에 짚으며 떨어진 거야. 그런데 어깨 아래쪽이 얼얼해지더니 팔을 들 수가 없었어. 나는 뒤따라 내려오던 일행에게 안전 요원인 패트롤을 불러 달라고 했어. 잠시 후 패트롤이 구조 썰매를 끌고 왔지.

의무실에 가니 내 상태를 보고 그러더라. 골절됐을지도 모르니까 병원에 가서 엑스레이를 찍어 보라고. 나는 겨우 이 정도로 팔뼈가 부러질까 생각하면서 종구 형이 몰고 온 카니발을 타고 30분 거리에 있는 병원으로 향했어. 가는 동안 왼팔에 조금씩 감각이 돌아왔지. 어마어마한 통증을 몰고!

엑스레이 사진 속 팔뼈는 사선으로 어긋나 있었어. 그 근처에 흩어져 있는 뼈 부스러기도 보였지. 나는 전신 마취를 하고 팔에 철심을 박는 수술을 받았어. 수술 후에는 매일 폐 운동을 했어. 인공호흡기를 쓰고 나면 폐가 쪼그라든대. 그래서 폐활량을 정상적으로 회복하기 위해 '인스피로미터'라는 기구로 재활을 하는 거야. 인스피로미터는 관 속에 세 개의 공이 들어 있는 폐 운동 기구야. 연결되어 있는 호스로 숨을 힘껏 들이마시면 공기 흐름에 의해서 공이 뜨게 돼. 공 세 개가 모두 떠야 정상적인 폐로 돌아온 것이라고 해. 나는 집에 있는 동안 열심히 연습을 했지.

어느 정도 몸을 움직일 수 있게 됐을 때부터 나는 '발

성'과 '오디션'에 대한 책을 읽기 시작했어. 그때 브로드
웨이 캐스팅 디렉터 마이클 셔틀르프가 쓴 책도 읽게 됐
지. 그는 책 속에서 이렇게 말했어. 연기가 무엇인지 깨
달은 후에도 계속 연기를 하고 싶다면, 제정신이 아니라
는 뜻이라고. 나는 어떻지? 신길역 근처 좁은 자취방에서
3년을 살면서 목소리 연기를 공부했어. 학원을 1주도 쉬
지 않았고 명절에도 생방송을 핑계로 가족이 있는 대전
에 내려가지 않았어. 그렇지만 시험에 붙는 사람보다 떨
어지는 사람이 여전히 300배 이상 많은 공채 시험에 합
격하려면 뭘 어떻게 해야 하는지 아는 바가 없었지.

그럼에도 이 일을 계속 하고 싶은가?

Yes.

그래, 미쳤네. 확실히 미쳤네.

그렇다면 이제부터 제대로 미쳐 보자고 마음먹은 나는
매일 자리에 앉아 3시간 이상 연습하는 것을 목표로 삼았
어. 이 일에 미쳤다면서도 그전까지 그렇게 연습 시간을
채워 본 적이 거의 없었거든. 이상한 일이었지. 본격적으
로 성우 공부를 시작하기 전, 이게 '딴짓'이었을 때는 숨

어서라도 밤을 새워 가며 연습을 했었거든. 그런데 내가 미쳤다는 사실을 인정하자, 3시간이라는 목표가 너무 모자라다는 생각이 들어서 이렇게 다짐했지.

'하루의 모든 시간을 연습으로 채우자. 소리를 내서 연습할 수 없을 때는 대본을 보자. 대본을 볼 수 없을 때는 그 대본을 어떻게 하면 더 잘 표현할 수 있을지 생각하자. 1초도 그 생각을 놓지 말자. 나의 모든 순간을 여기에 쏟아붓자.'

전속 성우 생활을 마치고 본격적인 프리랜서 생활이 시작된 2013년이었어. 발레리나 강수진 씨가 『나는 내일을 기다리지 않는다』라는 책을 출간했는데, 강연장에서 그의 이야기를 직접 들을 기회가 있었어. 그런데 글쎄, 세계 최고의 발레리나가 이렇게 말하는 거야.

"저는 단 한 번도 최고의 프리마 돈나가 되겠다는 목표를 세운 적이 없었습니다."

프로 성우 타이틀을 얻는다는 목표를 지나, 이제 프리랜서 성우로 자리 잡기 위한 목표를 세워야 하는 시점에 그의 이야기는 다소 충격적으로 다가왔어. 그는 하루 중 어느 한순간도 발레를 하고 있지 않은 시간이 없었다고 했어. 누군가와 대화를 하고 길을 걸을 때 느낀 모든 감정을 발레에 쏟아부었다고 했어. 그런 완전한 몰입 상태에서 모든 예술에 필요한 독창성과 직관력이 나온다고 덧붙였지. 그에게는 목표가 필요 없었어. 이야기를 듣고 나니 2010년의 나에게 무슨 일이 생겼는지 비로소 이해할 수 있었지.

수술 후 일상으로 복귀한 나는 그때부터 대본을 손에서 놓지 않았어. 비유가 아니라 실제로 그랬어. 밥을 먹거나 화장실에 갈 때도, 지하철을 타고 이동하거나 잠을 잘 때도 손에 대본을 들고 있었어. 때로는 낭독할 책이, 때로는 외우고 싶은 대사가 적힌 메모지나 냅킨이, 때로는 시험 단문이 프린트된 A4 용지가 늘 손에 쥐어져 있었지. 그렇다고 내가 고사 와신상담 속 합려처럼 독하게만 지냈던 것은 아니야. 수업이 끝나면 친구들과 어울려 술자리에 가기도 하고, 다 함께 놀이공원 같은 곳에 놀러 다니기도 했으니까. 심지어 아내도 그 시기에 만났거든.

다만 뭘 하든지 대사에 대한 생각을 놓지 않았을 뿐이야. 막상 해 보니 3시간의 연습량을 채우는 건 보기보다 훨씬 쉬웠어. 학원에서 연습을 하다 의도치 않게 그대로 웅크려 잠드는 날도 많아졌지. 그렇게 지낸 지 세 달쯤 흐르자 '내가 진짜 미쳤나?' 하고 진심으로 묻게 되더라. 왜냐하면 나의 직관이 스스로에게 이렇게 말했거든.

지금 당장 어떤 방송사 공채 시험을 보든 무조건 붙을 수 있다고.

아내와 막 교제를 시작한 2010년 가을 문턱에 대원방송 2기 성우 공채 시험 공고가 떴어. 성우 공채 역사상 전무후무하게 길었던 시험이었어. 1차, 2차 녹음 파일 테스트, 3차, 4차 스튜디오 실기 테스트, 5차 최종 면접. 시험 기간만 장장 두 달이었어. 그 과정에서 몇 번씩 '미치겠다'는 생각이 들었다가 '나 원래 미쳤지' 자각하기를 반복한 끝에, 최종 면접 후 문자가 아닌 전화를 받았지.

성우 지망생 딱지가 떨어지는 순간이었어.

3

나도 모르게
목소리가 잠길 때

포부와 목표 사이

2024년 현재 한국 성우 협회 정회원 자격을 얻기 위해서는 협회에서 인정하는 방송국 성우 공채 시험에 통과해야 해. KBS, EBS, 투니버스, 대원방송, 대교어린이TV 중 가장 늦게 성우를 뽑기 시작한 회사가 대원방송이었어. 나는 대원방송 공채 2기로 합격해 성우 생활을 시작했어. 2010년 11월, 20대 막바지였지.

기존 방송국 성우극회는 이미 여러 기수를 보유하고 있었어. 반면, 대원방송 성우극회는 세 기수가 모이는 시점까지도 성우들 사이에서 이방인 이미지가 강했어. 애니원, 애니박스 등의 채널을 갖고 있는 대원방송은 자체 성우를 뽑기 전까지는 프리랜서 성우만으로 작품을 만들었어. 전속 성우를 보유하게 되니 프리랜서 성우들이 참여하던 자리가 줄어들 수밖에 없었지. 기존 성우들 입장에서 반가울 수만은 없는 일이었어.

"제작비 아끼자고 이렇게 무작정 뽑아 놓기만 하면 어떡해."

"끌어 줄 선배도 하나 없이 프리랜서가 되면 누가 너희를 써 주겠니?"

전속 기간에 내가 직접 들었던 말들이야. 인터넷 성우 커뮤니티에는 하루가 멀다 하고 '대원 성우 따위' 같은 비웃음 실린 말들이 올라오곤 했어. 우리를 응원해 주는 팬들의 글을 보려고 인터넷에 접속했다가 그보다 몇 배 더 많은 비난을 마주해야 했지. 그럴 때 말이야, 그 욕이 정말 얼토당토않을 땐 그냥 무시하면 그만이야. 그런데 내가 보기에도 그 비난이 어느 정도 타당하다 싶을 때는 진짜 힘든 법이지.

이미 자리를 잡은 조직은 굳이 위험을 감수하면서 새

로운 시도를 할 필요가 없어. 하지만 이제 막 그 틈에 끼어든 신생 조직은 다소 파격적인 행보를 펼치지 않으면 불꽃 하나 튀기지 못하고 수그러들기 십상이야. 당시 제작 팀장이었던 김정령 PD님을 비롯해, 황태훈 PD님과 곽영재 PD님은 어린 새싹 같은 대원방송 신인 성우들을 어떻게든 키워 내기 위해 열과 성을 다했어. 지금 생각하면 PD님들도 얼마나 답답했을까 싶어. 말귀 척척 알아든는 선배들과 작업하다가 졸지에 햇병아리들을 가르쳐 가며 작업을 해야 했으니…….

하지만 우리 PD님들은 파격적인 캐스팅도 마다하지 않았어. 때로는 대원방송 전속 성우들만으로 한 시리즈를 더빙하기도 했고, 때로는 전속 성우에게 주연급 배역을 맡기기도 했지. 성우 바닥에서는 농담 반 진담 반으로 주워섬기는 말이 있어.

'10년 차가 되기 전에는 성우도 아니다.'

성우 연기가 보통 어려운 게 아니라서 최소 10년은 해야 어느 정도 들어 줄 만한 목소리 연기를 펼칠 수 있다는 말이야. 이런 곳에서 신인 프리랜서도 아니고 전속 성우가 주연을 맡는다? 기존 성우극회에서는 상상도 할 수 없는 일이었지. 성우 팬들도 기조를 익히 알고 있으니 반발심을 가질 수밖에 없었어. 그런 캐스팅을 한 PD님들이나 캐스팅된 전속 성우들은 어떤 마음이었을까?

한 가지 비유를 해 줄게. 스노보드를 가장 빨리 배우는 방법이 뭔지 알아? 어느 정도 기초만 빠르게 익히도록 한 후에 상급자 코스 꼭대기에 떨어트려 놓는 거야. 나도 스키장에 처음 갔던 날 그렇게 배웠었어. 기초가 탄탄한 상태가 아니어서 다칠 위험이 극도로 높지만 아이러니하게도 그 위험이 주는 공포 때문에 습득력이 치솟아. 그때는 어떻게든 능선 아래까지 자기 힘으로 내려갈 수밖에 없는 상황이어서 엉덩방아를 수없이 찧어 가며 이런 생각을 하게 되지. 시리즈가 끝날 때까지 영혼의 엉덩이가 사라지지 않기 위해 머리를 싸맬 수밖에 없다고. PD님들, 전속 성우들도 비슷한 마음이었을 거야.

내가 전속 성우 2년 차가 되자마자 회사에서 〈가면라이더 W(더블)〉의 배역 오디션이 있었어. 주인공 2명이 하나의 가면라이더로 합체하는 콘셉트라서 '더블'이라는 제목이 붙은 작품이었어. 여기서 나는 지망생 때부터 너무나 선망하던 선배와 함께 주인공으로 캐스팅됐어. 내가 맡은 필립은 엄상현 선배가 맡았던 박태상의 파트너로, 사무용 집게로 머리카락을 고정하고 다니는 조금 특이한 캐릭터야. 앳되고 여리여리한 외모에 똑똑하고 진중하지만 엉뚱하고 허당 끼도 있지. 〈가면라이더〉 시리즈는 대원방송에서 해마다 더빙하는 중요한 작품이었어. 게다가 지금도 내가 남자 성우 중 최고라고 생각하는 상현 선배와 무려 한몸이 되는 배역이었으니 얼마나 잘하고 싶었겠어.

일주일에 한 번 돌아오는 아침 녹음은 10시 시작이었고, 30분 전까지 대기해야 했어. 그때 여자 주인공인 나해미 역할은 대원방송 1기 이지현 선배가 맡았어. 나는 언제 다시 돌아올지 모르는 주연 배역에 의욕과 열정이 넘쳐서 8시쯤 회사에 출근하곤 했는데, 지현 선배가 먼저 와 있는 모습을 여러 번 봤던 기억이 나.

첫 방송이 나가고 나서 얼마나 긴장했는지 몰라. 다행

히 작품이 공개되기 전 우려 섞였던 대부분의 의견이 칭찬과 격려로 바뀌었어. 그래서 〈가면라이더 W〉은 내 목소리 연기가 대중들에게 긍정적인 평을 들은 첫 작품이 됐어. 왼쪽 팔에 박혀 있던 철심 제거 수술을 받던 날, 나는 그런 생각을 했어. 이제 이 철심과 함께 나에게 붙어 있던 모든 나쁜 기운이 사라졌으면.

나는 운을 믿지 않아. 바르고 성실한 사람이라서? 아니, 살면서 운이 좋았던 적이 없었거든. 운을 못 믿는 사람은 되도록 바르고 성실하지 않으면 불안해서 살 수가 없어. 그래서 나는 늘 열심히 연습했어. 다만 연습이라는 요소가 언제나 최고를 만든다고 생각하지 않아. 연습을 많이 하는 순서대로 성공한다고도 생각하지 않아. 그럼 뭐 하러 연습을 하냐고? 최악을 면하기 위해서. 운이 미치는 영향을 최소화하기 위해서야. 잘못되더라도 다쳤다가 나을 수 있는 정도로만 아프려고.

성인이 되면 많은 사람들이 운전면허를 따고 운전 연습을 해. 그중에서 도로 위 최강자가 되기 위해 연습하는 사람은 없을 거야. 사소한 실수로 내가 다치거나 남을 다치게 하는 일을 피하기 위해 연습을 하는 거지.

대사를 충분히 연습하지 않고 마이크 앞에 서는 성우는, 이를테면 무면허 운전자와 같다고 생각해. 자신의 차선조차 지키지 못하고 휘청거리지. 나는 그런 사람이 되고 싶지 않아서 열심히 노력했어.

그랬던 나였지만, 전속 2년 차가 되어 곧 프리랜서 성우가 될 날이 머지않을 때 즈음엔, 이제 운도 좀 따라 줬으면 하는 마음이 들더라. 눈에 보이지 않는 불운이 모두 떨어져 나갔으면 했어. 첫 주연작을 비교적 성공적으로 마쳤지만, 나를 불안하게 만드는 요소가 있었어. 사실 필립 역할도 목소리를 일부러 낮고 굵게 내야 했거든. 편안한 목소리로 연기한 캐릭터가 아니었지. 원래 나는 그보다 높은 톤을 갖고 있으니까. 내가 소리를 꾸미지 않고 연기에만 신경 쓸 수 있는 배역이 오면 좋겠는데, 그런 배역은 대부분 나보다 훨씬 날카로운 소리를 가진 동기에게 돌아갔어. 전속 2년 차의 시작은 나쁘지 않았지만, 남은 기간 내내 나에게 들어오는 배역은 전부 변성을 해야 하는 캐릭터들이었어. 몸무게가 300킬로그램쯤 나가는 거구, 나이가 300살쯤 되는 노인 중 노인……. 대사라도 적은 캐릭터였다면 갈고닦은 변성 실력으로 때우고 넘어가겠지만, 비중도 적지 않은 역할들이라 그럴 수가 없었지.

어쩔 수 없이 자취방에서 얼굴을 베개로 막고, 있는 대로 소리를 질러 목을 쉬게 만들어서 연기했던 날이 많았어. PD님들이 나를 일부러 괴롭히나 하는 의심마저 들었지. 한번은 모처럼 미남자 역할이 들어와서 웬일인가 했는데, 작품 중반에 그가 거대 괴물로 변신하더라. 그 장면에 화면을 멈춰 놓고 텅 빈 눈으로 한참 모니터를 응시했던 날도 있었어.

만화 〈드래곤볼〉에 등장하는 전투 민족 사이어인은 전투에서 힘겹게 살아남을수록 더욱 강한 전투력을 얻어. 어릴 때 이 작품을 보고 "나를 죽이지 못하는 고통은 나를 강하게 할 뿐"이라는 니체의 말이 베지터가 남긴 명언인 줄 알았지. 전속 때 이 작품에 들어가서 참 신이 났었는데 얼마나 소화하기 어려운 역할만 골라서 주어지던지, 원작자인 토리야마 아키라 씨가 나를 현실 세계의 사이어인으로 만들려고 이 작품을 남겼나 싶을 정도였어. 하지만 덕분에 나는 겸손할 수 있었는지도 몰라. 두각을 나타내는 신인이 되어 보자는 포부는 접어 두고, 일단 살아남고 보자는 현실적 목표를 갖게 되었으니까.

소심함의 쓸모

앞에서도 말했듯이 나는 소심한 성격이야. 대범한 사람들은 준비가 조금 부족해도 과감히 나서곤 해. 성우를 지망하기 전까지 나는 늘 그런 사람들을 부러워했어. 여러 분야가 비슷하겠지만, 방송이나 연예계 쪽에서는 유능함보다 '눈에 띄는지' 여부가 더 중요한 가치로 여겨져. 주의를 끄는 특성, 소위 '관종 끼'가 있는 사람들이 방송 쪽에서 두각을 드러내는 경우가 많아.

준비가 부족해도 빠르고 단호하게 나서는 사람들은 그렇지 못한 사람들에 비해 상대적으로 기회를 얻을 확률이 높아. 그렇게 얻은 기회 안에서 시행착오를 겪다 보면,

어느새 그들은 진짜 실력 있는 사람이 되기도 하지. 소심쟁이 입장에서 보면 참 억울해. 나처럼 똑같이 준비가 부족했던 사람이 그저 더 나서는 바람에 나보다 많은 기회를 얻고 나중에는 진짜 실력까지 얻게 된다니……. 하지만 어쩌겠어. 창피함을 무릅쓸 줄 아는 것도 일종의 재능인걸.

안타깝게도 나에게는 그런 재능이 주어지지 않았어. 그렇지만 나는 소심한 사람에게도 좋은 면이 있지 않을까 생각했어. 이를테면, 조그마한 약숟가락이 커다란 국자보다 늘 쓸모없다고 할 수는 없잖아? 많이 덜어 내야 할 때도 있지만, 조금씩 떠내야 할 때도 반드시 있으니까.

언젠가 동화를 읽은 적이 있어. 작은 새들과 친구가 되고 싶은 공룡 이야기였어. 공룡은 새들과 함께 놀고 싶어서 그저 가까이 갔을 뿐인데 새들이 사는 나무를 죄다 쓰러뜨리고, 새들이 좋아서 같이 뛰었을 뿐인데 놀이터가 엉망이 되어 버린 거야.

타인의 시선에 크게 구애받지 않는 성격이 사회생활에서 유리한 부분도 있지만, 그런 사람들은 상대적으로 사소한 반응을 눈치채지 못하는 경향이 있어. 그래서 자기도 모르게 남에게 상처를 줄 때도 있지. 마치 동화 속 공룡처럼.

나처럼 소심한 사람은 어떨까? 괜히 혼자 상처받는 순간이야 많겠지만, 공룡처럼 굴기는 힘들어. 그래서 나는 나의 소심함을 한번 이용해 보자고 마음먹었어. 약손가락으로 떠서 눈금을 조금씩 맞추듯 세밀한 연습을 해 보자고 다짐했던 거야.

성우들은 더빙을 하기 전에 꼭 시사 작업을 해. 먼저 더빙에 필요한 자료를 웹 하드에서 내려받는데, 이때 자료는 크게 두 가지야. 영상과 대본. 성우들마다 시사하는 방법이 제각각이겠지만 일반적으로는 이런 순서를 거쳐.

① 배역표에서 나의 배역을 확인한다.
② 내 대사에 밑줄을 그어 구분한다.
②-1 밑줄을 그으면서 전체 내용을 훑어본다.
③ 영상을 켠다.

③-1 스크롤 하며 내 대사에 해당하는 장면을 찾는다.

③-2 해당 장면에 등장하는 내 캐릭터의 모습과 대사가
일치되도록 반복 연습한다(가장 중요한 단계. 대사가
시작되는 타이밍과 끝나는 타이밍을 화면과 일치시켜야
한다. 싱크를 맞추는 작업이다. 대사의 타이밍뿐만 아니
라 감정 표현 방식이나 움직임의 싱크도 맞춰야 한다).

④ 모든 대사에 ③번 과정을 적용하여 연습한다.

⑤ 처음부터 순서대로 화면을 넘기며 내 대사를 맞춰
본다. NG가 나는 빈도가 0에 가까워질 때까지 이
를 반복한다.

프리랜서가 되면 그때부터 무한 경쟁 속에 내던져질
테고, '어떤 배역을 맡느냐'가 아니라 말 그대로 '시장에
서 살아남느냐'가 화두로 떠오를 테니 불평만 하고 있을
수는 없었어.

나에게 주어진 게 국자가 아니라 약숟가락이라면, 약
숟가락을 기가 막히게 잘 다루는 사람이 되어 보면 어떨
까, 그런 생각을 했던 거지. 그래서 나는 나만의 시사 방

법을 만들었어.

① 준비한 영상을 처음부터 끝까지 플레이하며 대본에
등장하는 모든 배역의 모든 대사를 작은 목소리로
읽는다.

② 가장 대사가 많은 배역, 즉 주인공의 대사를 연필로
표시한다.

③ 내 배역을 굵은 볼펜으로 표시해 구분한다.

④ 주인공의 대사를 반복 연습해서 싱크를 맞춘다.

⑤ 내 배역의 대사를 반복 연습해서 싱크를 맞춘다.

⑥ 처음부터 순서대로 화면을 넘기며 내 대사를 맞춰
본다. NG가 나는 빈도가 0에 가까워질 때까지 이
를 반복한다.

⑦ 다시 처음으로 돌아가 옵티컬(Optical, 녹음되어 있는
원본 음성)을 끈다. 옵티컬 없이도 NG가 안 날 때까
지 반복한다.

⑧ 이번에는 화면을 보지 않고 옵티컬만 들으며 대사
를 읽어 본다. 마찬가지로 NG가 안 날 때까지 반복

한다.

⑨ 대사를 한 구간씩 외운다. 이 단계쯤에서 어느 정도 대사가 외워져 있다. 대본을 보지 않고 화면을 보며 대사를 맞춘다.

⑩ 가녹음을 해 본다.

⑪ 머릿속에 영상을 떠올리며 대본을 본다. 틈날 때마다 대본을 본다. 녹음 때까지 계속 본다.

나의 경우 전속 기간에 맡은 작품의 반 이상을 이렇게 해냈어. 이렇게까지 해야 하나 하는 생각도 여러 번 들었지만 하다 보니 깨닫게 되더라. 내 배역의 비중이 적은 날은 시사가 빨리 끝나더라고. 시사하기 힘든 날은 내 비중이 큰 날이었어. 이렇게 연습을 하고 녹음실에 가면, 소심한 나도 애드리브를 날릴 수 있을 만큼 대범해졌어.

연기를 할 때 가장 떨리는 순간이 언제냐면, 잘할 수 있겠다는 예감이 들 때야. 왠지 캐릭터도 나랑 어울린다 싶고, 대사도 와닿고, 그냥 막 해도 잘할 수 있겠다 싶은 대본을 만날 때가 있어. 그럴 때면 진짜 떨려. 연기를 하기도 전에 망했다 싶은 대사는 떨리지도 않아. 절망은 나를 떨게 하지 못해. 기대가 나를 떨리게 하지. 긴장하지 않으려면 막연한 기대에 단단한 바탕을 마련해 주면 돼. 반복하고 또 반복해서 구체적인 근거에 의해 대사가 흘러나오게 하면 떨리지 않거든.

나는 전속 성우일 때부터 애니메이션에 등장하는 여러 캐릭터의 목소리를 냈어. 지금 생각해 보면, 나의 실제 모습과 동떨어진 캐릭터나 내가 소화하기 어려운 톤을 연기했던 경험이 큰 자산이 됐어. 나만의 시사 방법을 나름대로 만들어 연습하면서도 절망감에 발을 담그고 있던 시간들, 잘 해낼 수 있으리라는 기대감에 마냥 기댈 수 없던 시간들, 그 속에서 어쩔 수 없이 한 땀 한 땀 공들여 대사를 준비했던 날들이 나도 모르게 차곡차곡 쌓였던 거야. 감히 나의 존재감을 드러내기 위해서가 아니라, 사그라들지 않기 위해 발버둥 치던 시기였어.

그때의 결과물이 TV에 방송되는 모습을 볼 때마다 묘한 느낌이 들었지. 다양한 캐릭터로 옷을 입은 내 목소리들은 전부 '나'인 동시에 '나와는 다른 사람들'이었어.

나는 어린 시절부터 소심한 성격에서 벗어나고 싶었어. 항상 어딘가 주눅 들어 있는 내 모습이 스스로 생각하기에도 너무 싫었거든. 글을 쓰고 싶어 했던 열망도, 목소리 연기에 대한 꿈도, 나에게서 벗어나고 싶은 욕망에서 싹텄는지 몰라.

애니메이션 한 편이 끝나면 엔딩 크레디트가 지나가. 배역의 이름과 성우의 이름이 나란히 쓰여 있지.

불량배2 (심규혁)

학생1 (심규혁)

행인3 (심규혁)

아나운서 (심규혁)

병사1 (심규혁)

…….

나인 동시에 나와 다른 사람들. 지나가는 역할과 잠시 머무는 역할들. 그 목소리를 냈던 시간들이 내게 가르쳐 줬어. 연습을 하면 나 같은 소심쟁이도 녹음 시간 동안은 다른 사람처럼 행동할 수 있다고. 그러다 보면 익숙한 나와는 또 다른 내 모습을 만나는 순간과 부딪혀. 편하진 않지만 아주 흥미롭고 재미있는 순간이지. 내가 연기한 장면 속에서 내 목소리는 누군가의 일부 같아. 나와는 달리 대범하고 때로는 악랄한 사람, 나보다 훨씬 유쾌하고 유능한 사람, 나와는 비교도 안 될 만큼 커다란 시련 속에 내던져진 사람. 그들은 내가 살아 본 적 없는 시대에 존재하기도 했고, 내가 가 보지 못한 장소에서 일상을 보내기도 했어. 나보다 훨씬 어리거나 훨씬 긴 세월을 산 사람이기도 했지.

어떤 이가 겪는 삶을 하나의 세계라고 한다면, 나는 녹음 부스의 문을 통로 삼아 여러 세계를 넘나들 수 있었어. 소심한 나는 실제 세상에서는 훌쩍 여행을 떠나지 못하지만, 나의 직업이 이런 여행을 경험하게 해 준 셈이지. 이 여행을 통해 새로운 세계를 경험할 때마다, 현실의 나도 눈치챌 수 없을 만큼 조금씩 움직였던 게 아닐까? 타고난 성격보다 조금 더 대범하게, 조금 더 용기 있게!

그래서 할 수 있는 만큼, 할 수 있는 방법으로 조금씩 움직여 마침내 그날에 도착하는 거야. 국자와 약숟가락을 분류하는 기준은 크기가 아니라 용도에 있다는 사실을, 소심함에도 쓸모가 있다는 사실을 깨닫는 그날에…….

내일의 나를 위해

열심히 전속 성우 생활을 보내던 어느 날, 녹음을 하다가 토크 백(녹음실 밖에서 안으로 목소리를 전하는 장치)이 열리더니 제작 팀장 PD님이 나한테 그러시는 거야.

"너 시옷 발음이 좀 이상하다? 살짝 번데기 발음처럼 들리는데? 다시 해 봐."

그날부터 나는 팀장님과 녹음할 때마다 시옷 발음만 나오면 두세 번씩 다시 녹음하기 시작했어. 전속 성우로 이미 여러 작품에 참여했었지만, 그때까지 받아 본 적 없는 지적이었지. 대학교 방송국 아나운서를 하는 동안에도, 3년 반 동안 성우 지망생 생활을 하는 동안에도 발음

지적을 받아본 적은 없었어.

나는 기로에 섰어. 제작 팀장님의 귀가 다른 사람에 비해 유난히 예민하다고 믿고 대충 넘기느냐, 아니면 직면하느냐. 처음에는 부정하고 싶었지. 그때까지 지내 왔던 세상, 적어도 발음으로는 지적받지 않는 나의 세상 속에 머물고 싶었어. 문제를 제기한 사람이 유별나다 치부하고 넘어가고 싶은 유혹을 느꼈지.

나는 내게 문제가 없음을 확인받기 위해 시옷 발음이 많이 들어 있는 대사를 골라 동기와 선배 들을 붙잡고 앞에서 읽어 보이며, 정말 번데기 발음처럼 들리는지 묻고 다녔어. 그랬더니 70퍼센트 정도는 괜찮다 했고, 나머지 30퍼센트 정도는 유심히 들어 보니 그렇게 들린다는 의견이었어. 나의 예상으로는 90퍼센트 이상은 괜찮다고 할 줄 알았는데, 난감하더라.

그러고 나니 미래에 닥칠 수 있는 여러 상황을 가정하게 됐어. 프리랜서가 된 후에 덜컥 주연급 연기를 할 기회가 주어진 상황이 온다면? 어찌저찌 얼버무릴 수 없는 정도의 대사량이 주어지고, 하필 그 담당 PD님도 우리 팀장님처럼 예민한 귀를 가진 사람이라면? 물론 프리랜서가 된 후에 조연이나 단역만 주어질 확률이 훨씬 높긴 하지만, 만에 하나라도 그런 상황이 생긴다면? 시옷 발음이 깔끔하지 못하다는 이유로 기회를 놓친다면 너무 억울할 것 같았어.

'그래. 어쩌면 잘될지도 모르는 미래에 베팅하자.'

그렇게 다짐했지만 내 시옷 발음이 내 귀에는 이상하게 들리지 않는다는 게 첫 번째 문제였어. 나는 회사에서 녹음이 있을 때마다 마이크와 가장 가까운 자리에 앉아 녹음하는 모든 사람의 입을 관찰했어. 다른 사람의 시옷 발음과 내 발음을 계속 비교하며 귀 기울였지. 그러다가 같은 시옷 발음도 사람마다 참 다양하게 구사한다는 사실을 알게 됐어. 어떤 사람은 유독 바람이 빠져나가는 소리가 날카롭게 들리도록 발음했고, 영어의 [sh]에 가깝게 발음하는 사람도 있었어. 이 정도까지 구분이 되자 내 발음도 점점 명확하게 들리더라. 내게 시옷 발음을 내뱉을 때 바람 소리를 약하게 내는 버릇이 있었더라고. 그래서 귀가 예민한 사람에게는 답답하게 들릴 수 있었던 거지.

다음 단계는 시옷 발음이 시원하게 발음되는 사람들을 찾아내서 표본으로 삼는 일이었어. 한국어 발음을 처음 배운다고 생각하고 입 모양을 유심히 관찰했어. 내가 직접 물어 볼 수 있는 사람들에게는 혀를 어느 위치에 두고, 이 사이를 얼마나 벌리고, 공기는 어느 방향으로 내뱉는지 들었어. 그렇게 나와의 차이를 발견했고, 원인도 알게 됐어.

내가 대학교 방송국 생활을 할 때 치찰음이 너무 세게 들린다는 지적을 받은 적이 있어. 그럴 수밖에 없던 이유가 있었지. 중학생 때 앞니를 다쳐서 미세하게 앞니 사이가 벌어졌는데, 발음을 할 때 바람이 최대한 빠져나가지 않는 방식을 나름대로 개발했던 거야. 군대 제대 후에 벌어진 치아 틈새를 메꿨지만 습관은 그대로였지. 팀장님은 더빙 연출을 할 때 헤드폰까지 쓰고 자세히 모니터를 하는 분이었거든. 그 열정이 나의 숨겨진 흠을 콕 집어냈던 거야. 그것까지 깨닫고 나니까 고치지 않을 수 없더라고. 예민한 PD님에게만 문제가 되는 게 아니었어. 시청자나 청취자 들의 귀도 간과할 수 없었지. 성우 팬들은 대부분 귀가 예민한 사람들이니까.

진짜 고생은 그다음부터였어. 대사가 길어지거나 감정을 몰입해야 하는 장면에서 시옷 발음만 신경 쓰고 있을 수는 없잖아. 새로운 발음 방법을 '습관'으로 만들어야 했어. 의도하지 않아도 저절로 그렇게 될 만큼.

나는 성경을 꺼냈어. 창세기부터 시작해 시옷이 등장하는 모든 단어에 동그라미를 치고, 그 부분이 나올 때마다 입 모양과 혀의 위치를 신경 써서 발음했어. 휴대 전화 녹음기를 켜서 녹음도 했지. 몇 장을 읽고 나서 녹음된 파일을 들으며 표본처럼 들리는지 확인했어. 회사에 출근하면 녹음 시간과 시사하는 시간을 제외하고 성우실에 앉아 내내 그러고 있었어. 그러다 보니 한 동기가 이렇게 농담할 정도였지.

"미친놈아, 그만 좀 해."

그렇게 한 계절이 채 지나지 않았던 걸로 기억해. 그날은 팀장님과 같이 하는 녹음이었는데, 토크 백이 열리더니 팀장님이 이렇게 말씀하시더라.

"야, 너 뭘 한 거야? 시옷 발음이 괜찮아졌네?"

이후 내가 프리랜서가 되고 팀장님도 회사에서 나와 프리랜서 PD가 됐어. 이분이 〈신의 탑〉〈몬스터 패밀리〉 등을 함께 작업했던 김정령 PD님이야. PD님은 그 뒤로 함께 작업할 일이 생기면 주변 스태프들이 다 있는 자리에서 그때의 이야기를 자랑스럽게 하곤 하셨어.

"나도 지적은 했지만 사실 고쳐 오리라 기대하진 않았거든. 그런데!"

나는 2014년 오디션을 통해 카툰 네트워크 채널에서 애니메이션 시리즈의 주인공 역을 처음으로 맡았어. 남의 문제도 자기 문제처럼 끌어안는 오지랖 대마왕. 한시도 가만히 있지 않고 뭔가 재미있는 게 없을까 늘 촉각을 곤두세우고 사는 아이. 순수함과 엉뚱함을 양 볼에 하나씩 물고 있는 캐릭터. 바로 〈클라렌스는 엉뚱해!〉의 클라렌스 역이었지.

이 친구는 가운데 치아가 없어서 시옷 발음이 새는 특징이 있어. 시옷 발음과의 인연이 여기까지 이어질 줄은, 전속 성우 시절의 나는 절대 몰랐지. 그 지독한 인연 덕에 그때 발음의 해상도까지 조율할 수 있었어. 추상화를 그리기 위해서는 정밀화에 대한 연습이 받쳐 줘야 하듯, 뭉툭했던 발음을 예리하게 만들어 본 경험이 있으니 거꾸로 뭉개는 일도 훨씬 자연스럽더라고. 나는 과장되지 않게 적당히, 상황에 따라 발음을 조절했고 덕분에 클라렌스의 목소리 연기를 정말 즐겁게 할 수 있었지.

시옷 발음을 고쳐서 일이 더 잘되었는지, 발음이 명료해진 덕분에 조연으로 머물 인생이 주연급 성우 인생으로 바뀌었는지, 그건 잘 모르겠어. 내가 주연급 성우로 발돋움하지 못했다면 애를 썼던 시간들을 아까워했을까? 그런 질문을 받는다면 나는 분명하게 '아니'라고 대답할 수 있어. 나는 그 과정을 통해 단순히 작품 속 나의 역할만을 얻어 냈다고 생각하지 않아. 눈을 감아도 사라지지 않는 문제를 향해 다가갈 용기, 지금 귀찮고 힘들어도 더 나아질 미래를 위해 기꺼이 수고할 각오, 그러니까 현실을 살고 있는 진짜 나의 역할에 대한 올바른 자세를 얻어 냈다고 생각해. 게다가 그 시간을 통해 내게 무엇보다 귀중한 자존감도 생겼거든.

자존감은 무언가를 이루어 낸다고 해서 키워지지 않는다고 해. 문제의 해결 여부와 관계없이, 자신에게 닥친 문제를 외면하지 않았을 때 자존감이 올라가. 연기 생활을 하다 보니 만화 속 주인공이라고 해서 늘 멋지고 똑똑하지 않다는 걸 알게 됐어. 승부에서 이겼는지, 적과 맞선 모습이 멋졌는지와 상관없이, 벌벌 떨면서라도 피하지 않고 그 자리를 지켰을 때 우리의 자존감은 튼튼해질 거야.

앞을 막아서는
날씨에 대해

전속 성우로서 내가 맡았던 첫 배역은 〈가면라이더 디 케이드〉에 나오는 불량배2였어. 그 뒤 2년 동안 참 많은 역할을 소화하며 전속 기간을 보냈지. 공채 시험을 봤던 장소가 어느덧 익숙한 일터가 됐어. 어떤 날은 그곳에서 혼이 나기도 했고, 어떤 날은 칭찬을 듣기도 했지. 나는 늘 열심히 하는데 결과는 들쭉날쭉해서 흡사 변덕스러운 날씨 같았어. 당시에 했던 예측을 일기 예보로 비유한다 면, 아무리 좋게 생각해도 '약간 흐림'이었어. 주변에서도 대부분 흐린 날을 점쳤고, 나 역시 큰 기대를 할 수 없는 상황이었지.

2012년 11월, 나는 프리랜서가 되자마자 대원방송 녹음실에서 〈빠뿌야 놀자〉라는 애니메이션 속 작은 역할을 맡아 연기하게 됐어. 프리랜서가 되면 전속 때보다 편당 출연료가 꽤 늘어나는데 그만큼 부담감도 커지더라. 2년 내내 지지고 볶으며 익숙해졌던 대원방송 녹음실의 공기가 또 다르게 느껴지는 거야. 그 장소와 그곳에 있는 나를 비롯한 모든 사람이 하나도 바뀌지 않았는데, 어쩜 그렇게 식은땀이 나던지.

프리랜서 성우가 됐을 때, 나는 여전히 신길역 근처의 작은 원룸에 살고 있었어. 신길역은 전철이 지상으로 지나가거든. 저녁이 되면 전철 소리가 더 또렷이 들리곤 했어. 그거 알아? 소리는 차가운 쪽으로 휘어진다는 거. 밤이 되면 공기가 식어서 소리가 공중으로 굴절돼. 그래서 소리가 더 멀리까지 퍼진대. 나는 저녁 시간이면 방에서 컴퓨터를 켜 놓고 마치 녹음실에 일을 하러 온 사람처럼 상황극을 펼쳤어.

심규혁1: 심규혁 성우님, 오늘은 무라카미 하루키의 「4월의 어느 맑은 아침에 100퍼센트의 여자를 만나는 것에 대하여」를 녹음할 건데요.

심규혁2: 오, 저도 좋아하는 소설입니다!

심규혁1: 잘됐네요. 잘 부탁 드립니다. 하이~ 큐!

심규혁2: 4월의 어느 맑은 아침, 하라주쿠의 뒷길에서 나는 100퍼센트의 여자와 스쳐 지나간다. 그다지 예쁜 여자는 아니다. 멋진 옷을 입고 있는 것도 아니다⋯⋯.

그렇게 녹음을 해서 들어 보면 내 목소리 사이사이에 전철 소리가 드문드문 섞여 있었지.

2013년 2월, 나는 왕십리에서 당시 여자 친구, 지금의 아내인 은수랑 데이트를 하고 있었어. 점심을 먹고 막 카페에 앉으려던 참이었지. 그때 낯선 번호로 전화가 왔어. 차분한 여성의 목소리가 들렸어.

"심규혁 성우님 휴대 전화 맞나요?"

EBS에서 신작 애니메이션이 방영될 예정이니 오디션에 참여해 달라는 내용이었어. 작품의 제목은, 〈피터 팬〉. 뭐? 피터 팬이라고? 출신 방송국이 아닌 곳에서 찾아온 첫 번째 기회였어. 아직 오디션 대본을 보기도 전에 나는 이미 상상 속에서 피터 팬이 되어 녹음을 하고 있었지. 타방송국에서 첫 오디션 기회를 낚아채 승승장구하는 나의 모습이 생생하게 그려졌어. 가슴은 두근거리고 얼굴에는 미소가 떠올랐어.

나는 시사 자료 링크가 담긴 문자 메시지를 받자마자 대본을 출력해서 연습을 시작했어. 전속 때는 나이 든 역할을 많이 맡았지만 프리랜서가 되고 소년 역할 오디션이 들어왔으니 기회를 놓칠 수 없었지. 나는 내가 낼 수 있는 가장 앳된 목소리를 꺼내 연습하고 또 연습했어. 전속 때 시사 방법대로, 아니 그보다 훨씬 더 자세히!

드디어 오디션 당일, 해가 넘어간 저녁 시간, 강남구 신사동의 한 스튜디오. 나는 PD님과 엔지니어 감독님에게 공손히 인사하고 마이크 앞에 섰어. 대부분의 녹음 스튜디오에는 유리창이 있고 그 너머에 컨트롤 룸이 있거든. 유리창이긴 하지만 장비 때문에 그 너머가 잘 보이지 않아. PD님과 감독님의 표정도 안 보이고, 토크 백을 열지 않는 한 당연히 소리도 안 들려. 그런데 참 신기하지. 내 연기에 대한 반응은 잘 느껴지더라고. 대사를 뱉으면 뱉을수록 '이게 아닌데……' 하는 느낌이 짙어졌어. 아니나 다를까, 토크 백이 열리고 PD님의 주문이 전해졌지.

"규혁 씨, 조금만 더 편하게 해 볼까요?"

"아, 편하게요?"

"오, 지금 말씀하시듯이 그렇게 편하게요! 저는 이 소리가 좋아요."

"아…… 네……."

신인 때는 주문을 들으면 들을수록 산으로 가고, 편하게 하라고 하면 할수록 불편해져. 오디션을 보기 전에 내 마음을 부풀게 했던 기대감은 순식간에 압박감으로 변해 나를 짓눌렀어. 애쓰며 이어 가던 나의 연기를 끊으며 여기까지 할게요, 하던 PD님의 목소리는 차분해서 오히려 차갑게 느껴졌지. 나는 터덜터덜 컨트롤 룸으로 건너가서 다시 공손하게 인사를 했어. 어쩐지 두 분 모두 나를 피하시는 눈치더라고.

돌아서려는데 차마 발길이 떨어지지 않았어. 나는 희미하게 들리는 목소리로 겨우 말을 건넸어.

"제가 외부 녹음실에서 오디션을 보는 게 프리랜서가

되고 오늘이 처음이거든요. 혹시 피드백을 들을 수 있을까요?"

잠시 정적이 흘렀고, PD님 대신 엔지니어 감독님이 입을 열었어. "일단, 연기가 너무 꾸며져 있어요⋯⋯"라고 말씀하시는데, 그 뒤로 정신이 혼미해져서 무슨 말을 들었는지 잘 기억이 나지 않아. 말로 두들겨 맞는 것 같기도 했고, 이미 내 연기에 대한 실망감으로 상처가 난 심장에 물파스를 바르는 것 같기도 했어.

나는 녹음실을 나와서 어둑어둑한 신사동 밤 골목을 한참 동안 걸어 다녔어. 그러다 어느 건물 현관 앞에 주저앉았지. 한숨을 얼마나 쉬었는지 몰라. 그러면서 하늘을 올려다보며 생각했지.

'한숨도 소리처럼 밤에는 더 멀리 갈까? 그럼 하늘에서 누구라도 들어줬으면 좋겠다.'

프리랜서가 되자마자 첫 오디션부터 주인공을 맡는 일은 내게 일어나지 않았어.

내가 프리랜서가 되고 타 방송국 애니메이션에서 처음

맡은 배역은 병사1이었어. 재능TV에서 방영하는 TV 애니메이션 〈후로티 로봇〉이라는 작품이었지. 거의 모든 배역이 10년 이상의 베테랑 선배들로 꾸려진 라인업에 신인급 성우 몇 명이 겨우 끼어 들어간 상황이었어.

나는 늘 해 왔던 대로 열심히 대본을 보고 시사를 했지. 처음에는 그랬어. 도대체 병사1이란 역할로 나를 어떻게 내보일 수 있을까? 그래서 나는 '틀리기 위한 반복 연습'을 했어. 흔히 반복 연습을 한다고 하면 기계적이고 기능적인 반복을 떠올려. 목적은 '틀리지 않는 것'에 있어. 실수하지 않기 위한 연습이지. 하지만 연기 연습에서 필요한 반복은 그런 게 아니야. 다른 그림 찾기 게임 해 본 적 있지? 두 그림을 반복해서 번갈아 보다 보면 다른 부분을 발견하게 되잖아. 이를테면 다르게 보기 위한 반복인 거지.

몇 번 등장하지 않는 병사1의 대사를 여러 번 살펴보니, 어느 순간 알게 됐어.

'아, 대사가 적긴 하지만 적어도 병사2보다는 많네?'

그리고 더 들여다보니까 병사1은 말끝이 종종 '~했습

니닷' 하고 끝나더라고. 그럼 어미를 모두 그렇게 바꿔서 특징을 만들자는 아이디어가 떠올랐어.

스튜디오에서 내가 병사1 대사를 하는 동안 유리창 너머로 PD님이 몸을 뒤로 젖히며 웃는 모습이 언뜻 보였어. 그 모습에 나는 더 신이 나서 연기했지. 그다음 녹음부터 갑자기 베테랑 선배들의 애드리브 경쟁이 벌어졌어. 신참 하나의 철모르는 열정이 녹음 분위기를 활활 불태우기 시작했던 거야. 이 일이 얼마 후 일생일대의 기회로 연결될 줄, 그때의 나는 까맣게 몰랐지.

살다 보면 즐거운 여행을 기대했는데 잔뜩 흐린 날씨를 마주할 때가 있어. 야속하게 비바람이 몰아칠 때도 있지. 그런가 하면, 할 일에 파묻혀 있는데 쓸데없이 날씨만 좋을 때도 있어. 이런 마음 같지 않은 날씨를 우리는 어떤 태도로 대해야 할까?

나는 그럴 때 내 앞을 바라보려고 해. 날씨는 바꿀 수 없지만 내 앞에 놓인 대본과 영상을 얼마만큼, 어떻게 보느냐에 따라 스튜디오에서 펼칠 나의 연기는 충분히 달라질 수 있어. 어차피 스튜디오에 들어가면 바깥의 날씨 따위 보이지도 않아. 완벽한 날씨를 기대할 게 아니라, 차라리 100퍼센트의 나를 기대하는 거야.

2019년 3월. 어느덧 성우 10년 차를 앞두고 있던 나에게 오래전 첫 오디션 기회를 줬던 차분한 목소리의 그분, 지민정 PD님에게서 전화가 걸려 왔어. 극장판 애니메이션 주인공 오디션을 부탁한다는 내용이었어. 그리고 그때는 역할을 맡을 수 있었지. 나는 원 없이 달리고, 원 없이 소리칠 수 있었어.

"영원히 맑은 날을 못 봐도 돼. 푸른 하늘보다 나는 히나가 좋아. 날씨 따위 계속 미쳐 있으라고 해!!!"

신카이 마코토 감독의 작품 〈날씨의 아이〉(2019)의 호다카 역이었어.

나를 세우는 목소리

2013년 여름이 다가올 무렵 〈후로티 로봇〉 연출을 맡으셨던 박선영 PD님에게서 오디션을 보자는 전화가 왔어. 드림웍스 극장판 애니메이션 〈터보〉(2013)의 킴리 역 오디션이었어. 미국에서 독특한 연기력을 뽐내는 배우 켄 정이 맡았던 할머니 역할이었지. 남자 배우가 연기한 할머니 역이라니. 분량은 크지 않았지만 또 한 번 나를 업그레이드할 수 있는 기회가 되겠다 싶었어.

웹 하드에서 내가 오디션을 볼 배역 외에 다른 자료도 받을 수 있었어. 그래서 내가 맡은 배역의 연습을 어느 정도 한 다음, 터보 역 시사 자료도 받아서 연습을 해 봤지.

주인공 오디션도 보고 싶은 마음이 있었거든. 그러고 나니 이런 생각이 들었어.

'오, 괜찮은데? 아니, 오히려 이게 더 나은 듯?'

그런데 오디션이 끝난 뒤 피드백을 부탁하려고 컨트롤룸으로 건너갔을 때 PD님의 표정이 딱 이랬지.

'나름대로 애 많이 썼다, 후훗.'

내가 피드백을 부탁하기도 전에 PD님이 먼저 말했어.

"이 배역, 선배들이 했던 연기 한번 들려줄까?"

그래서 나는 킴리 역으로 나와 경쟁하는 목소리들이 누군지 알게 됐지. 엄상현 선배님과 전태열 선배님이셨는데, 두 분은 EBS 성우극회의 대표 성우셔. 독특한 음색과 말맛을 살리는 탁월한 센스, 어마어마한 작품량에도 결코 떨어지지 않는 준비력을 갖춘 선배들이지. 내가 참 열심히 할머니 흉내를 냈다면, 선배들은 그냥 할머니 그 자체였어. 사실 두 선배 모두 수다쟁이 할머니인데, 남자 성우인 척하고 살아왔던 게 아닐까 하는 생각이 들 정도였지.

나는 선배들의 연기를 듣다가, 여차하면 기회를 달라

고 할 참으로 손에 쥐고 있던 터보 역 대본을 슬그머니 주머니 속에 넣었어. 입을 다물지 못하고 있던 내게 PD 님이 흐뭇한 미소를 띠며 말했어.

"장난 아니지?"

나는 바보처럼 입을 반쯤 벌리고 고개를 천천히 끄덕거렸어.

"터보 역할 한 선배들 연기도 들려줄까?"

이번엔 고개를 세차게 끄덕였지.

평소에도 주인공을 주로 맡는 선배들 중 네 분의 목소리가 파일에 담겨 있었어. 나도 연습해 본 대사이다 보니, 그 차이가 더욱 선명하게 느껴지더라. 당시 나에게는 그들과 나의 확실한 차이가 베일 듯한 날카로움으로 다가왔어. 주머니 속에 있는 대본을 꺼내 그 날카로움에 밀어 넣으면 파쇄기에 넣은 듯 갈릴 것 같았지. 네 분의 연기를 연달아 듣고 난 뒤 나는 얼빠진 표정이 되어 "잘 들었습니다, 감사합니다" 하고 녹음실을 빠져나왔어.

나는 그날부터 그 오디션 대본과 영상을 매일 다시 꺼내 봤어. 도대체 선배들은 어떻게 저렇게 연기를 할까?

나는 겨우겨우 흉내를 내듯 연기하는데, 저분들은 어떻게 저 캐릭터 그 자체 같을까? 뭘 어쩌겠다는 목적도 없이, 괜히 자꾸 꺼내 보게 되더라고. 헤어진 연인의 편지를 자꾸 꺼내 보는 사람처럼 말이야. 그렇게 2주가 지나고 PD님에게서 전화가 왔지. 나는 탈락 소식을 들을 각오를 하며 전화를 받았어.

"규혁, 그 오디션 있잖아. 그 역할은 태열 선배가 하게 됐어."

"네……."

"그런데 드림웍스에서 터보 역을 두고 참 까다롭게 구네. 추가 오디션을 해 달라는데, 너도 한번 준비해 주라."

하마터면 그 자리에서 "준비 많이 해 두었습니다!" 할 뻔했잖아. 다음 날, 오디션 자리에서 내가 첫 테이크 연기를 마치자 토크 백 너머로 PD님이 이렇게 말했어.

"오, 괜찮은데? 저번에 본 역할보다 오히려 이게 더 나은 것 같다. 목 가다듬고 한 테이크 더 가 보자."

몇 주 후, 나는 터보 역에 합격했다는 연락을 받았어.

유난히 많은 성우들이 오디션을 봤던 그 배역으로 내

가 첫 극장판 주인공 역할을 하게 된 바람에, 작품이 개봉했을 때 많은 선배들의 관심과 과분한 칭찬을 함께 받았지. 그리고 이듬해 개봉해서 나란히 아카데미 시상식 애니메이션 부문 후보에 오른 〈박스트롤〉(2014)과 〈빅 히어로〉(2015)의 주인공까지 맡게 되면서, 나는 프리랜서 성우로서 더욱더 입지를 굳혀 갈 수 있었어.

2015년 가을. 프리랜서 성우로 첫 오디션을 봤던 신사동의 그 녹음실에서 나는 성우 인생 최초로 외화 더빙 작업을 하게 됐어. 일본 영화 〈이별까지 7일〉(2015)에서 주인공의 동생 역을 맡았거든. 공중파 TV에서 더빙 외화를 보기가 점차 어려워지던 시기에, 배리어 프리 영화(대사뿐만 아니라 화면에 대한 해설까지 녹음되고, 자막에도 대사 외장면에 대한 자세한 정보가 표기되어 장애인과 비장애인이 함께 관람할 수 있는 영화)로 더빙 작업이 진행됐어. 나는 초등학생 때부터 대학생 때까지 〈주말의 명화〉와 〈토요명화〉를 거르지 않고 볼 정도로 더빙 외화 팬이었거든. 성우를 지망하기 전부터 완전히 광팬이었지. 너무너무 신이 났어. 게다가 캐스팅 목록에는 그전에 디즈니 애니메이션 〈세븐디(7D)〉 시리즈에 함께 참여했던 이종혁 선생님도 계셨어. 선생님은 1983년에 MBC 성우로 데뷔해 숀 펜, 더스틴 호프만, 게리 올드만 같은 개성파 배우들의 목소리 연기를 하셨던 분이셔. 특히 영화 〈아이 엠 샘〉(2002)에서 숀 펜이 배역을 맡았던 주인공 샘 도슨 연기에 내가 눈물을 펑펑 쏟았던 적도 있지. 나는 녹음이 시작되기 전에 선생님께 조용히 다가가 이렇게 부탁드렸어.

"선생님, 오늘 제가 외화 더빙을 처음 해 보거든요. 괜찮으시다면 제가 작업하는 거 보시고 피드백을 부탁드려도 될까요?"

선생님께서 흔쾌히 허락해 주셔서 작업을 모두 마치고 곁에 가서 앉았는데, 선생님 대본에 뭐가 잔뜩 적혀 있더라. 결론부터 말하자면, 나는 그 자리에서 20분 동안 파쇄기에 들어간 종이 대본처럼 신나게 갈렸지.

"너랑 예전에 애니메이션 녹음을 한 적이 있잖니. 그때 네 연기를 듣고 곧잘 하는구나, 저 친구는 발전이 빠르겠구나, 했었어. 그런데 오늘 연기를 보니 그때의 모습이 손

바닥 뒤집듯이 바뀌어 버린 것 같다."

혼미해지는 정신 줄을 붙들려고 노력해 봤지만, 선생님의 말씀을 듣는 동안 나는 기계적인 리액션만 겨우 할 수 있었어. 말들이 비수가 되어 가슴에 콱콱 박히더라. 그때 들은 피드백은 이런 내용이었어.

연기에 대한 지식이 없다.

기초가 안 되어 있다.

점수로 치면 40점 정도. 평균점 이하다.

기본적으로 성격이 소심하다.

캐릭터가 아니라 본인이 들린다.

어미 처리가 다 틀렸다.

자연스러운 척만 하지, 사실 하나의 톤에 갇혀 있다.

…….

선생님도 참 야속하시지. 아무리 못했어도 이렇게까지 가루를 만드실 필요가 있나. 피드백을 괜히 부탁했다는 생각마저 들 뻔했어. 주목받는 애니메이션 작품에서 연달아 주연을 맡으며 자리를 잡아 가고 있던 중에, 자신감이 바닥에 팽개쳐지는 순간이었지. 막 프리랜서가 됐을 때도 같은 장소에서 가루가 됐었는데……. 하지만 그때와 다른 점이 하나 있었어. 이번에는 선생님께서 해 주신 말씀을 휴대 전화로 녹음해 뒀거든.

그날 나는 참담한 상태로 잠들었다가, 아침에 일어나 녹음 파일을 재생했어. 신기하게도 어제는 그토록 야속하게 들렸던 선생님의 목소리가 따뜻하게 들리더라. 비수를 꽂는 듯했던 말투는 조심조심 말을 고르는 듯했지.

"애니메이션 연기를 했을 때 너의 모습은 이렇지 않았어. 아마 너에게 연기에 대한 확고한 지식이 없어서 그럴 거야. 실전도 중요하지만, 책을 통해서 지식을 갖춰야 해. 그게 기초야. 뭘 하든 기초 위에 쌓아 나가야지. 연기자는 누구나 작업의 종류에 따라 기복이 있을 수밖에 없어. 하지만 연기에 대한 지식이 있으면 아무리 못하더라도 평균점 이하로 떨어지지 않게 돼.

성격과 연기에 대한 책을 꼭 찾아서 읽어 봐라. 성격은 정말 중요해. 너의 기본적인 성격이 아무리 소심해도 성격을 잡고 연기하면 다 표현할 수 있어. 성격에서 내가 연기할 캐릭터의 말하는 속도와 박자, 억양, 태도와 버릇까지 뽑아낼 수 있거든. 특히 어미 처리를 통해 성격을 다양하게 드러낼 수 있어. 많은 성우가 자연스럽게 연기를 하겠다고 톤 하나를 정해 놓고 그 안에서 연기해. 하지만 자연스러움은 하나의 톤에 갇히지 않고, 상황마다 적절하게 반응할 때 저절로 묻어 나오는 거야. 성격을 잡아 놓으면, 그 성격이 하나의 울타리가 되고 그 안에서 진정으로 자유롭게 뛰노는 연기를 할 수 있어."

여기에 다 담을 수 없지만, 무척 따뜻하고 자세한 피드백이 몇 가지 포인트를 중심으로 일목요연하게 녹음되어 있었어. 20분짜리 강연과 같았지. 나는 지금도 생각날 때마다 이 녹음 파일을 다시 들어보곤 해.

성우 생활을 해 오며 이종혁 선생님 외에도 나에게 조언과 피드백을 아끼지 않았던 많은 선배들과 PD님들, 스태프들의 목소리가 곁에 있었지. 그런 피드백들은 처음에는 굉장히 날이 선 것 처럼 들려. 그나마 있던 자신감마저 털어 버리고, 나를 멈춰 세우듯 느껴지지. 하지만 어떻게든 그 너머의 메시지를 들을 수 있어야 해.

'세우다'라는 말에는 크게 네 가지 뜻이 있어.

① 움직이던 것을 멈추게 하다.

② 처져 있던 무언가를 곧게 펴거나 일어서게 하다.

③ 계획이나 방안을 짜다.

④ 무딘 것을 날카롭게 하다.

누군가의 피드백은 네 가지 뜻 모두에 해당하는 '나를 세우는 목소리'야. 이 목소리의 도움을 받아야 혼자서 갈 수 있는 거리보다 훨씬 더 멀리 나아갈 수 있어. 이런 목소리를 가까이할수록 단단한 자존감으로 우뚝 설 수 있어. 자신감이 내 성과에 기반한 믿음이라면, 자존감은 내 존재에 대한 믿음이거든. 절대 잊지 마. 진짜 '나'는 지금의 나와 앞으로 성장할 나의 합이라는 사실을.

4

목소리 너머의
목소리

진짜 이야기는 지금부터

지금까지 내가 목소리 연기에 어떻게 끌리게 됐고, 어떤 과정을 거쳐 성우가 됐는지 이야기했어. 신인 때 부딪혔던 난관도 나눠 봤지. 나는 원래 다른 사람 앞에 나서기를 싫어하고, '연기'라는 직종에는 어울리지 않는 사람처럼 보였어. 하지만 타고난 성격과 환경에서 벗어나고자 노력했지. 그런 노력은 언제나 주변의 반대와 장애물에 부딪혔어. 때로는 막막하게 느껴져서 주저앉기도 했지. 그럼에도 나는 고개를 들고 조금씩이나마 움직였어.

이 책을 읽고 있는 너는 나와 같은 꿈을 꾸는 사람일 수도 있고, 전혀 다른 꿈을 갖고 있는 사람일 수도 있어. 나는 네가 누군지 몰라. 하지만 너도 나처럼 어떤 꿈을 향해 조금씩이라도 움직일 수 있는 사람일 거라고 확신해. 주저앉더라도 다시 고개를 드는 사람이라고 믿어. 너는 책의 막바지를 향해 가는 이 페이지를 읽고 있잖아? 그게 바로 증거야.

어떤 과제를 반 이상 해내면 끝까지 해낼 가능성이 비약적으로 높아져. 하지만 거의 마지막에 이르렀을 때 커다란 시련이 닥치곤 해. 대부분의 이야기는 '발단-전개-위기-절정-결말'이라는 구조를 따라. 절정은 갈등이 최대로 폭발하는 시점이지. 주인공에게 이입해서 본다면 '진짜 너무하다'라는 생각이 드는 때일 거야.

더 골치 아픈 문제는 우리에게 주어진 과업의 전체 분량을 알 수 없다는 데 있어. 보편적으로 영화는 대략 2시간 안에 끝나. 손에 든 책은 두께를 통해 내가 전체 이야기의 어디쯤에 있는지 알 수 있지. 하지만 우리 각자의 이야기는 그렇지 않아. 내 인생이 몇 년짜리인지도 알 수 없고, 지금 내가 추구하는 일이나 해결해야 할 일에 얼마만큼의 시간이 필요할지도 알 수 없지.

그런 상황에서 진짜 너무하다 싶은 무언가를 마주쳐. 종류는 참 다양해. 천재지변, 질병이나 사고, 악당 같은 사람, 사랑하는 사람의 죽음 등. 그런 게 하나씩, 때로는 복합적으로 갑자기 벽처럼 등장해 눈앞을 가로막지. 그 벽은 우리에게 이런 메시지를 던져.

"너는 여기에 어울리지 않아."

"너는 나약해서 결코 이겨 낼 수 없어."

"이제는 네가 할 수 있는 일이 남아 있지 않아."

그중에서 우리의 마음을 가장 크게 허물어뜨리는 메시지는 바로 이거야.

"그동안 여러 가지 애를 썼는데, 엉뚱한 곳을 파고 있었네?"

세상에서 가장 힘든 수고가 뭘까? 바로 헛수고야. 세상에서 가장 견디기 힘든 고생은? 헛고생이지.

나는 우여곡절 끝에 성우라는 꿈을 찾고, 부모님의 반대와 녹록지 않은 자취 생활, 반복되는 공채 시험 낙방에도 다시 도전해서 성우가 됐어. 어떤 지망생이든 비슷하겠지만 특히 2~3년이 넘도록 계속 도전을 이어 가는 장수생이라면, 끝내 합격하지 못하고 포기해야 하는 상황을 가장 마주하기 싫을 거야. 나에게도 그런 미래가 무엇보다 끔찍했어. 하지만 나는 마지노선으로 정했던 30살 전에 시험에 합격했지. 또 주변의 탐탁지 않은 시선과 나 자신에 대한 의심을 뚫고 프리랜서 성우로 자리를 잡는 데까지 도달했어. 그런데 거기까지 가는 동안 항상 내 곁에는 시험 때문에 상처받는 아내가 있었어.

우리는 내가 공채 시험에 합격하기 직전에 성우 학원에서 만나 교제를 시작했지. 그래서 우리가 만난 햇수는 내가 성우로 일한 햇수와 같아. 만난 지 7년 째 되던 해에 결혼했다는 말은 내가 성우 7년 차이던 때 결혼했다는 말과 같지.

프리랜서로 첫발을 내딛던 해에도, 처음으로 극장판 주인공을 맡았던 해에도, 내 경력의 모든 해마다 아내는 성우 공채 시험에 낙방했어. 나는 아내에게 떨어져도 괜찮다고 말하곤 했지. 힘들면 언제든 그만둬도 된다고, 내가 너와 함께하는 이유는 시험 결과와는 전혀 상관이 없다고 말이야. 결혼을 앞두었을 때는 아내에게 진심으로 그만두기를 권했어.

"세상에서 성우만 직업인 것도 아닌데 우리가 왜 계속 이 일로 상처를 받아야 해? 더 이상 공채 시험에 얽매이지 말고 우리의 삶을 살아가자."

아내는 이렇게 답했어.

"맞아. 결혼도 하고 아기도 갖자. 하지만 시험은 계속 볼래. 나중에 만날 아이들에게 꿈을 포기한 엄마가 되고 싶지 않아."

우리가 결혼을 하던 해에도 아내는 시험에 떨어졌어. 아내는 그간 시험에 쏟아부은 노력이 헛수고가 될까 봐 두려워했지. 내가 쌓아 가는 모든 발자취가 아내의 운을 빼앗아 만든 모래성 같았어.

어떻게든 아내를 돕고 싶었기 때문에 나는 성우로서 연차가 쌓여도 끊임없이 기초를 잊지 않아야 했어. 내가 잘나가는 듯 보이는 순간에도 성우 지망생 시절과 신인일 때를 떠올렸어. 항상 일주일 중 조금씩 시간을 떼어서 공채 시험 단문이나 연기에 도움이 될 만한 오디션 대본을 손 닿는 곳에 두고 연습했지. 오디션을 보거나 일을 하면서 부딪치는 어려움에 대해 항상 기록해 두고, 그것을 이겨 내려면 어떤 식으로 생각을 해야 하고, 어떤 방법을 적용해서 빠져나올 수 있는지 메모했어.

오디션과 연기에 관련된 책뿐만 아니라, 시련이나 좌절의 순간을 어떻게 대해야 하는지, 지속적으로 성장하기 위한 멘털 관리나 연기에 적용 가능한 아이디어와 프리랜서 생활을 잘하기 위한 실천 사항(시간 관리, 인간관계, 기획, 퍼스널 브랜딩 등)이 담긴 책을 틈나는 대로 읽었어. 내가 남달리 훌륭한 정신력을 지닌 사람이라서 그랬을까? 아니, 나는 아내가 합격하도록 돕고 싶었거든. 그래서 초심을 잊어서는 안 됐어.

하지만 그런 말이 있어. 부부 사이에는 운전 교습도 함부로 하지 말아라. 부부가 서로에게 뭘 가르치려고 하면 꼭 싸우게 된다는 말이야. 우리도 그 속설을 피해 갈 수 없었어. 내가 아내에게 아무리 부드럽게 피드백을 주려고 해도, 목소리 연기에 대해 깨닫고 알아낸 사실을 객관적으로 전달하려고 해도, 우리는 그때마다 다투게 됐지.

크게 싸울 때는 언제나 아내가 공채 시험을 앞두고 있는 가장 중요한 시점이었어. 그런 시점에 사람은 예민해지기 마련이니까.

성우를 꿈꾸기 전 내게는 글을 쓰고자 하는 꿈이 있었어. 그 시절에는 까맣게 몰랐지. 내가 부부 싸움을 피하기 위해 다시 글을 쓰게 될 줄은……. 글을 통해서라면 감정 싸움으로 번지지 않고 아내에게 내 생각을 전할 수 있겠다는 기대로 나는 글을 쓰기 시작했어.

덕분에 소통이 좀 원활해졌냐고? 다툼이 줄기는커녕 오히려 전투력만 늘었어. 아내에게 "글 쓰더니 말발도 세져서 이제 말싸움으로 못 당하겠다"며 핀잔을 들었지. 하지만 거기서 멈춘다면 아내와 더 잘 싸우려고 글쓰기를 연습한 것밖에 안 되잖아? 그래서 나는 노트에 써 두고 아내에게만 보여 주던 글을 세상에 풀어 놓기 시작했어. 아내가 나의 말을 그저 쏙쏙 잘 받아들여 주었다면 내가 쓴 글은 아마 평생 바깥을 향하지 않았을 테니, 정말 세상에 나쁘기만 한 일은 없나 봐.

그럼 지금부터 현장에서 일하며 내가 직접 깨달은 노

하우를 알기 쉽게 차근차근 풀어 볼게. 좋은 목소리를 내는 방법과 목소리를 완성시키는 요소에 대해 말하려고 해. 귀 기울여 줘. 진짜 중요한 이야기는 지금부터니까.

지금 당장
목소리가 좋아지는 방법

　사람은 태어나자마자 목소리를 내. 그리고 상당히 이른 시기에 말하는 법을 배워. "엄마"라는 말부터 시작해서 20개월쯤 지나면 "안녕"과 같은 조금 더 어려운 말도 할 수 있게 되지. 내가 직접 아기를 키워 보니까, 처음에는 울음소리에 불과했던 목소리가 점점 말의 형태를 갖춰 가는 과정이 정말 신기하더라고.

　숨을 쉴 수 있는 능력이 그렇듯 목소리를 내는 능력도 거저 주어진 것처럼 여겨지는 경우가 많아. 하지만 성우들은 그 목소리를 하나의 상품으로 만들어 유의미한 가치를 창출해 내지. 목소리가 가진 성장 가능성은 이렇게 다양한 측면에서 생산적인 것이 되기도 해. 그러니 꼭 성우와 같은 직업에 종사하지 않더라도 목소리에는 투자할 만한 가치가 충분히 있다고 생각해. 우리가 어디에 있든 누구를 만나든 무엇을 하든, 목소리를 내는 일은 중요하니까.

무용수나 운동선수 들의 움직임을 보면 사람의 몸이 훈련에 따라 얼마나 발전할 수 있는지 경탄하게 돼. 반면 성우들이 방송에 나와서 목소리로 무언가를 하면 타고난 재능으로 여겨지는 경우가 많아. 혹은 완전히 반대로 누구든지 쉽게 따라 할 수 있는 재주처럼 치부되기도 하지. 나는 이렇게 말하고 싶어. 누구나 하나뿐인 각자의 목소리를 타고나고, 조금만 배우고 신경 쓴다면 그 목소리를 지금 보다 더 좋게 다듬을 수 있다고.

기초적인 수준에서 목소리는 몸보다 훨씬 쉽게 단련할 수 있어. 물론 직업적인 수준에 이르려면 무용수와 운동선수에 준하는 혹독한 훈련이 필요하겠지만, 목소리 연기는 어떤 예술 분야보다 비교적 기초 수준에서도 재미와 변화를 크게 누릴 수 있는 영역이야.

나는 여기서 일반적으로 알려진 방법에 대해 말하지 않을 거야. 목소리를 다루는 기본적인 내용이 궁금하다면 여러 성우 선배님들이 공동 저술한 『성우』, 안소연 선배님의 『성우되는 법』이나 김희선 선배님의 『성우 만들기』 『성우 연기 훈련』, 은영선 선배님의 『목소리』 등을 읽어 보길 추천해. 만약 네가 성우를 지망하는 사람이라면 이 책들은 반드시 일독하길 바라. 어떤 분야든 기본이 되어야 응용이 쉬운 법이거든.

나는 현장에서 깨달은 실전적인 방법을 소개할 거야. 좋은 목소리를 위한 두 개의 축이 있는데, 첫 번째는 목소리 자체고, 두 번째는 목소리의 재료가 되는 글이야. 목소리를 지금보다 좋게 만들기 위해 이 축들을 튼튼하게 만드는 방법을 말해 줄게.

첫째, 당장 목소리를 좋게 만드는 방법.

목소리의 출발점은 '숨'이야. 숨을 쉬지 못하면 소리를 낼 수 없어. 숨이 앙상하면 소리도 앙상해. 숨을 불편하게 쉬면 소리도 불편하게 나. 지금부터 이렇게 생각하자.

숨과 목소리는 동기화되어 있다.

숨에는 들숨과 날숨이 있지. 먼저 들숨. 목소리의 출발점은 소리가 나는 시점이 아니야. 들숨이 목소리의 뿌리거든.

종종 특강을 진행하면서 학생들에게 숨을 들이마셔 보라고 할 때, 1초도 숨을 들이마시지 못하는 경우도 있었어. 목소리 관련 수업을 들으면 복식 호흡을 많이 강조해. 복식 호흡을 할 때는 절대 가슴이 들리면 안 된다고 말이야. 하지만 나는 그 전에 온몸으로 숨을 가득 들이마시는 능력부터 키워야 한다고 봐.

가슴이 부풀든 배가 부풀든 신경 쓰지 말고, 온몸 구석구석 숨으로 가득 찬다고 생각하고 숨을 마셔 봐. 이건 일종의 스트레칭이야. 숨을 통해 몸이 늘어나는 느낌을 가져 보자. 바르게 서서 등과 가슴을 펴고 숨을 들이마실 때 갈비뼈에 손을 얹어 보자. 숨과 관련된 기관이 풀어지지 않은 사람일수록 숨을 쉴 때 갈비뼈가 안 움직일 거야. 숨 스트레칭으로 갈비뼈가 점점 잘 부풀어 오르도록 몸을 풀어 봐. 잘될수록 뿌리가 튼튼한 소리를 얻게 될 거야.

그다음은 날숨. 숨을 잘 들이쉬지만 그 숨을 잘 지켜 내지 못하는 사람이 많아. 숨을 내뱉는 방향이 틀렸기 때문이야. 좋은 소리를 낼 때 필요한 날숨은 촛불을 불거나 풍선을 부풀게 하는 그런 숨이 아니거든. 그렇게 순식간에 숨이 밖으로 빠져나가면 그 숨에 어떻게 소리를 얹을 수 있겠어? 소리에 필요한 숨은 몸 안에서 순환해야 해. 어떻게 하면 몸 안에서 숨이 돌게 할 수 있을까? 기본적으로 숨을 내뱉는 방향이 입 바깥이 아니라, 입천장 혹은 콧부리 방향이어야 해. 조금 어렵지? 걱정하지 마. 느낌을 찾는 두 가지 방법이 있는데 어렵지 않을 거야. 생활 속에서 우리가 무의식적으로 사용하는 호흡이거든.

하나는 추운 날 손을 녹일 때 쓰는 호흡이야. 따뜻한 호흡을 내보내려면 숨을 입안에서 덥혀야 해. 그래서 숨의 방향이 바로 바깥으로 빠져나가지 않아. 아마 대부분 이 방법으로 느낌을 찾을 수 있을 거야.

다른 하나는 화장실에서 힘을 줄 때 사용하는 호흡이야. 배에 힘이 들어가고 입은 꽉 다물어져 있고 코와 입 사이 어느 지점에 "끙" 하는 소리가 걸려서 나오지. 여기

143

서 소리가 걸린 부분에 힘을 빼고 호흡만 남겨 봐. 숨의 방향이 코 안쪽을 향하고 있을 거야.

이 숨에다 목소리를 얹어서 내 보자. 크게 낼 필요는 없어. 숨의 방향이 변하지 않도록 하는 데 집중해서, 호흡에 목소리가 섞인다고 상상해 봐. 수돗물을 틀고 물감이 묻은 붓을 대면 수돗물의 색깔이 바뀌는 이미지를 떠올려 보는 거야. 그와 동시에 어느 정도 숨에 소리를 얹을 수 있게 되면, 이번에는 그 소리로 말을 해 봐. 그러면 호흡이 훅 빠져나가지 않게 될 거고, 저절로 배에 힘이 살짝 실릴 거고, 목소리가 조금 더 따뜻하게 울려서 나올 거야.

둘째, 좋은 목소리를 위한 글 읽기 방법.

그냥 내 머릿속에 떠오른 생각으로 목소리를 내면 될 텐데 왜 굳이 글이 필요할까? 성우의 일은 본질적으로 화면이나 무대에서 연기를 펼치는 배우의 일과 다른 지점이 있어. 배우는 대본을 외워서 자신의 '몸'을 주재료로 표현하는 직업이야. 하지만 성우는 달라. 오디오 드라마든 더빙이든 성우에게는 대본을 외울 정도의 여유가 주어지지 않아. 특히 더빙 작업을 할 때는 바로 전날 번역 대본이 완성되는 경우도 많거든. CF 멘트나 내레이션의 경우에는 녹음실에 도착한 시점에 대본을 처음 보게 되는데, 대부분의 게임 녹음도 마찬가지야. 어떤 캐릭터를 연기할지 현장에서 알게 되는 경우도 있지. 그래서 성우에게 연기력만큼 요구되는 능력은 순발력이라는 말이 나올 정도야.

성우는 누구보다 빠르게 글에 담긴 내용과 정서를 파악해서, 마치 외운 듯 표현해야 하는 사람이야. 짧은 연습 시간 안에 손에 대본을 들고 있다는 것이 얼마나 티 나지 않게 만드는가. 다시 말해, 성우의 '읽기'가 '말하기'에 얼마나 가까운가. 어쩌면 이 지점이 성우의 본질적인 능력일지도 몰라.

나는 원래 생각하고 움직이는 속도가 느린 편이지만, 글에 대해서만큼은 그렇지 않아. 오랜 시간 이 연습을 꾸준히 한 덕분이지.

말하듯 읽기.

목소리 훈련을 처음 시작하면 되도록 큰 소리로 또박

또박 읽는 연습을 많이 하게 돼. 아나운서, 쇼 호스트, 강사 등 목소리와 관련된 어떤 분야든 마찬가지야. 물론 아주 중요한 연습이지만 어느 정도 숙달되면 다음 단계로 나아가야 해. 그게 바로 '말하듯 읽기'야.

준비물은 책 한 권이면 돼. 자, 이제 그 책을 소리 내어 읽을 거야. 그런데 글자를 주욱 따라가며 읽는 게 아니야. '의미 단위'만큼만 보고 책에서 눈을 떼야 해. 그리고 그만큼만 소리 내어 말하는 거야. 눈으로 몇 개의 단어를 주워서 잠시 입에 머금고 앞에다 뱉는다고 생각해 보자.

그럼 의미 단위는 얼마만큼일까? 이 개념은 문법적인 띄어 읽기와 달라. 보통 서너 개의 단어지만 그것을 읽는 사람과 글의 난도에 따라 달라지지. 철저히 본인을 기준으로 한 번에 기억할 수 있는 정도의 양을 의미 단위라고 생각하면 좋아. 앞에 누군가가 있다고 생각하고, 상대가 단어를 받아 적을 수 있도록 불러 준다고 상상해도 좋아. 책에서 의미 단위 한 덩이를 떼어서 앞에 말하고, 다시 다음 의미 단위를 떼어서 말하는 거지.

예를 들어 이런 문장이 있다고 하자.

나는 당신이 좋은 사람이라서 사랑하는 게 아니라, 당신을 사랑하기 때문에 좋은 사람이라고 느끼는 겁니다.

나라면 이 문장을 이런 의미 단위로 읽겠어.

나는 당신이 / 좋은 사람이라서 사랑하는 게 아니라 / 당신을 사랑하기 때문에 / 좋은 사람이라고 / 느끼는 겁니다.

의미 단위에는 정답이 따로 없어. 문법도 따지지 마. 오직 기준은 이렇게 의미 단위로 떼어서 상대에게 불러 줬을 때 내용이 잘 인식되는지, 불러 주는 대로 받아쓰는 게 편한지, 그것에 중점을 두는 거야. 누가 보기에? 내가 보기에!

딱 하나 주의할 점은 의미 단위를 갖고 가상의 상대에게 말을 건넨다는 느낌을 내야 한다는 거야. 하나하나, 차근차근. 책에서 떼어 낸 내용을 의식하는 게 아니라, 내 머릿속에서 떠오른 생각처럼 느끼며 목소리를 내 보는 거지. 절대 억지로 목소리를 크게 낼 필요 없어. 가상의 상대가 받아쓰기 딱 좋은 정도로만 소리를 내 주면 돼. 이렇게 세 문단 정도만 '말하듯 읽기'를 해 본 후에, 다시 그 부분을 평소처럼 낭독해 봐. 글이 이전보다 더 잘 와닿고, 목소리가 훨씬 편안해졌다는 걸 느끼게 될 거야.

전문적으로 목소리 연기를 한다면 이후로도 여러 단계의 연습을 해 나가야겠지만, 일상의 영역에서는 첫 번째 연습 5분, 두 번째 연습 15분을 한 세트로 몇 주만 꾸준히 해도 목소리를 내는 데 큰 자신감을 얻게 되리라 믿어. 나역시 신인 때부터 지금까지 이 연습을 꾸준히 하고 있어. 효과는 단순히 목소리를 좋게 만드는 데 있지 않아. 타고난 목소리가 지닌 본연의 모습을 찾아가는 것이지. 이 과정은 올바른 자존감을 키우는 데에도 꼭 필요한 작업이라고 생각해. 그러니 어떤 꿈을 가진 사람이든 꼭 한 번은 연습해 보길 바라.

목소리는
무엇으로 완성될까?

　근본적으로 목소리를 개선하고 싶다거나, 관련 직업을 꿈꾸는 사람이라면 이제부터 내가 하는 말에 주목해 줘. 아무리 좋은 약도 복용 방법을 따르지 않고 먹으면 독이 될 수 있거든.

　목소리를 만드는 요소는 여러 가지가 있어. 어떤 목소리가 좋다고 하면 보통 '음색'을 떠올려. 하지만 음색도 목소리를 구성하는 요소 중 한 가지에 불과해. 이런 경우를 생각해 보자. 누구에게나 듣기 좋은 음색을 가진 선생님이 있어. 그런데 선생님이 수업을 할 때 말을 너무 느리게 하는 거야. 애니메이션 〈주토피아〉(2016)에 나오는 나

149

무늘보 플래시처럼 말이야. 그 목소리가 좋다고 느낄 수 있을까? 모든 말에 비속어가 섞여 있다면 어떨까? 혹은 특정 발음이 너무 뭉개져서 중간중간 못 알아듣는 단어가 있다면? 너무 작게 이야기해서 온 신경을 곤두세워야 겨우 알아들을 수 있다면? 주변 사람에게 눈치가 보일 정도로 너무 크게 말한다면? 너무 높은 음으로만 말하거나, 지나치게 낮은 소리로만 말하면 어떨까? 누구도 이 선생님의 목소리가 정말 듣기 좋다고 말하긴 어려울 거야.

발음, 발성, 빠르기, 세기, 음조, 음색, 어투, 어휘……목소리를 좋은 상품으로 만들기 위해 신경 써야 할 요소는 이렇게나 많아. 그런데 목소리란 대부분의 사람들이 갖고 있는 것이잖아? 이건 그야말로 천지에 얼음이 널려 있는 북극에서 얼음을 팔아야 하는 상황 아니겠어? 그러니 목소리를 이루는 각 요소마다 많은 신경을 써서 연습하고 질을 높여야 하는데, 이게 만만치가 않아.

성우 지망생들이 내게 이런 질문을 많이 해.

"연기를 신경 쓰면 소리가 안 좋아지고, 소리를 신경 쓰면 연기가 잘 안되는데 어떻게 해야 하죠?"

"발음에 주의를 기울이면 감정 표현이 잘 안되고, 감정 표현에 집중하면 발음이 뭉개져요."

성우 지망생들뿐만 아니라 신인 성우들도 비슷한 고충을 토로하곤 해.

"선배님, 더빙할 때 입 길이에 신경을 쓰면 대사에 몰입이 안돼요. 그래서 대사에 몰입하다 보면 입 길이가 하나도 안 맞아요."

안타깝게도 이 문제는 둘 중 하나를 택할 수 있는 게 아니야. 양쪽 다 잘해야만 하거든. 음정을 맞추면 박자가 틀리고, 박자를 맞추면 음정이 어긋나는 가수가 있다면, 그 사람을 전문 가수라고 하기는 조금 어렵지 않겠어? 결론적으로 다 잘해야 하고 하나씩 다 연습해야 해. 북극에서 얼음 파는 일은 결코 간단하지 않으니까.

이쯤에서 이런 생각이 들 수 있어.

'뭐야, 그냥 무조건 열심히 하라는 소리잖아? 아무나 할 수 있는 이야기네.'

걱정하지 마, 목소리에 관련된 기가 막힌 통찰을 하나 알려 줄게.

목소리를 완성시키는 가장 중요한 요소가 있어. 이 점이 뛰어나면 목소리를 이루는 다른 요소가 조금 부족하더라도 충분히 보충할 수 있고, 매력적일 수 있어. 그게 무엇이냐면…….

영혼.

영혼이라니. 눈에 보이지도 않는 그런 게 목소리를 완성시킨다고? 불평과 한숨 소리가 들리는 것 같네. 잠깐, 조금만 참고 들어 봐. 목소리도 영혼처럼 눈에 보이지 않잖아? 내가 목소리와 영혼을 육안으로 확인하는 마법을 알려 줄게.

영혼을 뜻하는 영어 단어 'spirit'의 어근 'spir'는 'breathe', 그러니까 숨을 쉰다는 뜻이야. 앞의 챕터에서도 말했듯이 목소리는 숨에서 출발해. 사실 목소리뿐만 아니라 사람의 모든 행위가 숨으로부터 시작돼. 생각해 봐. 재채기가 나와도, 하품이 나와도 우리는 먼저 숨을 들이마셔. 길모퉁이에서 갑자기 친구가 튀어나와 깜짝 놀라게 할 때도 그렇지. 테이블 다리에 발가락을 찧어도, 갑작스

레 아름다운 광경이 눈앞에 펼쳐져도, 머릿속에 반짝이는 아이디어가 떠올랐을 때도, 우산을 잃어버렸다는 사실을 깨달았을 때도, 우리는 숨부터 들이마셔. 숨이 몸속으로 들어오면서 동시에 피어나는 게 있어. 그 상황에 따른 감정이야. 그 감정이 피어나서 어디로 나타나느냐.

얼굴.

정확히는 표정으로 나타나지. 표정은 눈을 기점으로 해서 얼굴 전체로 퍼져. 그래서 이런 말이 나왔어.

'눈은 영혼의 창이다.'

입이 웃고 있어도 눈이 굳어 있으면 우리는 그 표정을 기쁘다고 인식하지 않아. 한 가지 실험을 해 보자. 눈은 무표정하게 뜨고 입만 활짝 웃으면서 "감사합니다"라고 말해 봐. 누구에게도 네가 정말 감사하고 있다고 생각하지 않을 거야. 아무리 애를 써도 그 목소리에 웃음이 섞이지 않을 거야. 이번에는 눈웃음을 지으며 "감사합니다"라고 해 볼래? 어때? 느낌이 와? 바로 그거야!

정리해 보자. 목소리는 무엇으로 완성된다고? 영혼. 영혼은 곧 무엇이다? 숨. 숨을 들이마실 때 뭘 느낀다고? 감정. 감정이 어디로 나타난다? 표정. 표정의 출발점은? 눈. 눈치가 빠른 사람들은 여기까지 읽고 이렇게 이해했을 거야.

'아, 목소리는 눈으로 완성된다는 말이구나!'

맞아. 눈의 표정, 즉 눈빛이 실린 목소리는 기술적으로 다소 투박하더라도 듣는 사람으로 하여금 매력을 느끼게 할 수 있어. 그런 목소리는 청각으로만 전달되지 않고, 시각적 입체성을 함께 전달하거든. 그게 바로 영혼의 작용이야.

이는 목소리 연기에서 더할 나위 없이 중요한 부분이지만, 나는 사람들이 일상생활에서도 영혼이 느껴지는 목소리를 의식적으로 연습한다면 조금 더 좋은 세상이 되지 않을까 기대해.

"네가 말하면 정말 다 진짜 같아."

"규혁 씨가 이야기하면 왠지 모르게 신뢰가 가요."

나는 이런 칭찬이 참 좋더라. 목소리가 좋다는 칭찬보다, 연기를 잘한다는 칭찬보다 더 듣기 좋은 말이야. 연기하는 사람에게 가장 큰 모욕의 단어는 '가짜'가 아닐까 싶어. 연기를 업으로 삼지 않은 사람에게도 '가짜 같다'는 말은 충분히 모욕적인데, 연기를 하는 게 직업인 사람에게는 어떻겠어? 가짜를 '진짜'보다 더 좋아하는 사람은 없을 거야. 가짜 목소리란 바로 영혼 없는 목소리, 표정이 증발한 목소리야. 영혼이 없는 목소리를 들으면 눈을 확인해 봐. 분명 텅 비어 있을 거야.

나처럼 내성적이고 남의 눈치를 많이 보는 사람이 이런 모습을 나타내는 경우가 많아. 나도 성우 지망생 시절에 선생님에게서 표정이 없다는 지적을 받았던 적이 있거든. 그때부터 몇 달 동안 거울을 들고 다니면서 수시로 내 얼굴을 들여다보곤 했었어. 그렇다고 외향적인 사람들은 이런 문제를 덜 겪을까? 성우 생활을 하는 동안 많은 사람을 만나면서 꼭 그렇지 않다는 사실을 알게 됐어. 외향적인 사람들은 오히려 더 복잡한 문제를 겪기도 했지. 이들은 표정이 증발한 형태의 영혼 없음이 아니라, 표정을 거짓되게 꾸미는 형태로 문제를 겪더라고. 언짢은데도 겉으로는 괜찮은 척하고, 마음이 상했는데도 웃어

넘기는 거야. 힘들어도 힘들지 않은 척 밝은 얼굴의 가면을 쓰는 거지.

성격이 내성적이든 외향적이든 마음에 가면을 쓰고 자신의 영혼을 감추는 일은 누구에게나 빈번하게 일어나. 사회성을 기른다는 명목으로, 남에게 강해 보이고자 하려는 생각으로, 아주 어릴 때부터 무의식적으로 그런 가면을 쓰고 살면서 나의 진짜 얼굴을 잊어 가는 사람들을 주변에서 쉽게 찾을 수 있어. 그 사람이 다름 아닌 나일 수도 있지.

성우 일을 할 때, 대본을 받고 가장 적게 연습하면서도 잘 소화해 내는 방법이 뭔지 알아? 연습이 부족한 상태에서 최대한 빨리 그 대사를 망쳐 보는 거야. 대충 눈으로 한 번 쓱 보고 나서 바로 휴대 전화 녹음기를 켜. 어색하면 어색한 대로 틀리면 틀리는 대로, 엉망진창이더라도 녹음 테이크를 하나 만들어. 그리고 들어 보는 거야. 어김없이 정말 엉망진창이지! 이 일을 10년 넘게 해 왔어도 첫 테이크는 항상 엉망이야.

하지만 그렇게 빠르게 망쳐 보면, 오히려 현실에 뿌리를 두고 연습을 하게 돼. 실제 그 대사를 내 입에 붙였을 때 어떤 발음이 걸리는지, 어떤 표현이 부족한지 실질적으로 파악이 되니까. 머릿속으로 수많은 시뮬레이션을 하더라도, 중점적으로 연습해야 할 부분이 어딘지 잘 보이지 않거나, 막상 입으로 대사를 뱉었을 때 전혀 엉뚱하게 나올 수 있거든. 나는 그렇게 믿어. '엉뚱'보다 '엉망'이 낫다고.

사실 살면서 우리에게 닥치는 모든 일이 그렇잖아? 삶은 준비도 없이, 연습도 없이, 예고도 없이 불시에 닥쳐와 나를 엉망으로 만드는 일의 연속이야. 그런 일들은 우리의 약한 부분을 들추어 내지. 자존감은 어떤 일을 잘 해냈을 때 자라나는 게 아니래. 우리가 우리의 취약한 면을 외면하지 않고 마주할 때, 완벽하지 않음에도 불구하고 행복할 가치가 있는 사람이라고 스스로 인정할 때 튼튼하게 자라기 시작한대. 가면을 벗고 내 영혼을 있는 그대로 바라볼 때, 우리의 목소리는 고유의 색을 띠기 시작할 거야.

글자를 부리는 사람

이번 챕터에서는 내가 신인 후배들에게 자주 하는 조언을 정리하려고 해. 가끔 후배들이 조언을 청하면, 내가 가장 많이 하는 말이 딱 두 가지 있어.

책을 읽어.

메모를 해.

아마 후배들은 시사를 덜 하거나 더 잘하는 방법, 오디션에 착착 붙는 법, PD님들의 뇌리에 강렬한 인상을 남기는 법, 한 번 간 녹음실에서 다시 연락을 받는 비법이 더욱 궁금하겠지. 좀 더 연차가 쌓이면 제작진의 눈치를 덜 보고 여행 스케줄을 짜는 방법이나, A급 성우(한국 성우 협회의 성우는 전통적으로 10년을 기점으로 B급에서 A급이 된다)가 되어 출연료가 올라도 캐스팅 표에서 밀려나지 않는 비법, 캐스팅 빈도는 줄더라도 몸값을 올려 결과적으로 연봉을 높이는 노하우에 더 구미가 당길 거야. 그러니 책을 많이 읽으라거나 메모를 하라는 말이 답답할 만도 하지. 언뜻 보기에 목소리 연기와는 동떨어진 행위 같으니까.

그럼에도 내가 이런 말을 하는 이유는 뭘까? 비법을 감추고 나 혼자만 레벨 업을 하고 싶어서 그럴까? 세상은 그렇게 되어 있지 않아. 물건을 사는 사람이 있어야 파는 사람도 살아. 요리를 하더라도 먹어 줄 사람이 있어야 의미가 있는 것처럼 말이야. 영화든 애니메이션이든 관객이 없으면 작품을 만들 이유가 없어. 조연이 있어야 주연도 있고, 후배가 있어야 선배도 있어. 그러니 어떤 업종에 신인이 들어오지 않는다는 것은 그 업종 자체가 조만간 도태되고 사라진다는 신호와 같아.

간혹 성우도 이만하면 꽤 많으니 신인을 그만 뽑자는 말을 농담처럼 하는 사람들이 있어. 하지만 그 농담이 현실이 된다면? 성우라는 직업은 사라질지도 몰라. 세상에 나이를 안 먹는 사람은 아무도 없어. 목소리가 가장 천천히 늙는다고 해도 어쨌든 사람은 늙지. 그래서 나는 후배들이 끝없이 들어오기를 소망해. 기왕이면 그 후배들이 잘하기를 바라. 각자가 낼 수 있는 가장 밝은 빛을 내길 원하고, 될 수 있는 한 가장 뜨겁게 타오르길 소망해.

그렇기에 이렇게 말하곤 해. 제발 책을 읽고, 메모를 하라고. 많이 읽고, 많이 쓰라고.

성우의 일반적인 정의는 목소리 연기자야. 나는 개인적으로 성우를 이렇게 정의해.

'성우는 글자를 부리는 사람이다.'

애니메이션 〈마도조사〉의 위무선이 피리로 혼령을 부리듯, 성우는 하얀 바닥에 누워 있는 글자를 일으켜 움직이게 해.

나는 글자를 '냉동 상태의 목소리'라고 생각해. 공상 과학 만화나 영화를 보면 종종 이런 류의 내용이 나와. 예시를 들어 볼게. 오염된 지구를 대신할 곳을 찾던 지구인들이 지구 못지않은 환경을 가진 행성을 발견한 거야. 그들은 인류의 모든 지혜와 기술을 총동원해서 그곳을 새로운 거주지로 만들 계획을 해. 그곳에 갈 수 있는 우주선도 만들었어. 그런데 문제는 도착 지점까지 걸리는 시간이야. 대충 계산해 보니 약 200년이 걸려. 아무리 천천히 늙는다 해도 그 정도면 새로운 행성으로 가는 중에 다 늙어 죽을지도 몰라.

그때 한 과학자가 특별한 캡슐 제작에 성공해. 그 캡슐에 사람이 들어가면 삶을 '일시 정지'할 수 있어. 캡슐 속에 사람을 눕히고 작동시키면 그는 냉동 상태로 보존돼. 그리고 예약해 둔 타이머가 울리면 해동되면서 원래 상태로 돌아오는 거야. 타이머를 200년으로 맞추기만 하면, 문제 해결!

책이란 이렇게 냉동된 승객을 가득 실은 우주선과 같아. 성우는 냉동된 승객들, 즉 글자들을 해동하고 숨을 불어 넣어 원래 상태로 되돌리는 일을 해.

배우는 화면 속에서 그리고 무대 위에서 얼굴을 포함한 자신의 몸을 통해 캐릭터를 표현해. 성우와 마찬가지로 대본을 갖고 연습을 시작하지만, 점점 손에서 떼어 내는 방향으로 가야만 해. 최종적으로 배우는 대본을 삼킨 자신의 모습을 직접 내보이는 사람이지. 그런데 성우는 배우와 달리 대본을 외우지 않아도 되니까 훨씬 쉽겠다고? 나도 처음에는 그런 줄 알았지. 하지만 직접 해 보니까 그렇지만은 않더라고. 육수를 제대로 우려서 깊은 풍미를 지닌 국수를 한정판으로 파는 게 어려울까, 뜨거운 물만 부으면 적당한 맛을 내는 국수를 많이 파는 게 어려울까?

장사를 잘하려면 자신이 파는 물건이 뭔지 잘 알아야 해. 성우의 상품은 얼핏 보기에 목소리나 목소리 연기로 만든 콘텐츠처럼 보이지만, 들여다보면 진짜는 따로 있어. 앞서 말한 '글자 해동 능력'이야. 생명력이 없는 글자가 다시 건강하게 살아나 걷고 뛰고 춤을 추도록 만드는 능력. 다시 말해, 글자를 부리는 능력! 그 능력이 뛰어날수록 성우로서 가치가 높아져.

흔히 성우에게는 목과 성대가 악기라고 해. 대본은 악

보에 비유되곤 하지. 하지만 나는 조금 생각이 달라. 연주자에게 악기는 능숙하게 다뤄야 할 대상이야. 능숙함이 절묘함에 이를수록 최고의 연주자로 인정받아. 그런 측면에서 볼 때 글자는 그 자체로 악기에 가깝지 않을까? 고정된 형체 없이 끊임없이 모습을 바꾸는, 세상에서 가장 오묘하고 방대한 악기!

피아니스트가 가장 많이 붙어 있어야 할 대상은 자신의 악기인 피아노야. 바이올리니스트가 몸에 붙이고 살아야 할 대상은 자신의 악기인 바이올린이지. 그렇다면 성우는? 목소리만 좋다고, 목소리만 좋게 만든다고 성우 일을 제대로 할 수 있을까?

물론 중요하지 않다고 할 수는 없지. 하지만 목소리를 물리적으로 좋게 만드는 데는 한계가 있어. 글자를 틀리지 않고 잘 읽는 능력은 아무리 단련해도 인공 지능을 넘어설 수 없어. 글자를 해동시킨다, 글자를 부린다는 말에는 좋은 목소리와 선명한 발음으로 유창하게 글을 읽는 것 이상의 의미가 담겨야 해. 악기 연주자가 악보를 틀리지 않고 연주하는 정도로 악기를 잘 부린다고 평가받지 못하는 것처럼.

그럼 어떻게 해야 하냐고?

책을 읽어.

무슨 책을 읽어야 할지 모르겠어?

그러면 메모해.

노트나 휴대 전화의 메모장을 펼쳐. 그리고 적어. 뭘 적어야 할지 모르겠다면 그대로 솔직하게 쓰는 것도 좋아. 자신이 무엇을 모르는지 아는 게 모든 것의 시작이라는 말이 있어. 많은 질문을 던져. 하지만 반드시 적어 놓아야 해. 사람은 너무 쉽게 잊거든. 어느 정도로 잘 잊냐면, 이틀 전 점심시간에 내가 뭘 먹었는지도 까맣게 잊지. 누군가가 내 귀에 아무한테도 말하지 말라며 충격적인 비밀을 속삭이면, 몇 년 뒤 그 비밀을 말하면 안 된다는 사실을 잊고 비밀의 내용만 남아 무심코 발설해 버려(그래서 비밀을 함부로 말하면 안 돼. 그 사람을 믿지 못해서가 아니라 그 사람의 기억이 믿을 만하지 않기 때문에). 그러니 내가 궁금해하고 알아내고 싶은 것들, 나를 고민에 휩싸이게 하는 문제들을 적는 것부터 시작해 봐.

장담하건대, 어떤 문제를 적었든 누군가의 책 속에 반드시 비슷한 문제가 담겨 있어. 끈기 있게 찾아 보면 비슷한 경험을 한 사람이 어딘가에 문제를 풀 수 있는 힌트를 적어 놨을 거야.

이렇게 메모에 적어 둔 나의 글자와 책 속에 담긴 글자들이 서로 만나 어떤 문제를 해결할 때마다, 그 글자들은 사전적 의미를 넘어서 특별한 뜻을 갖게 될 거야. 그렇게 부딪혀 만들어지는 음의 파형이 있는데 그게 바로 글자를 제대로 부리는 방법이야. 이를 테면, '달리기'라는 글자를 소리 내어 읽고 쓰고 말해 보는 한편, 밖에 나가 실제로 달려 보기도 해야만 '달리기'라는 말 소리를 제대로 낼 수 있다는 이야기야.

정리하자면, 궁금한 내용을 메모하고 책에서 찾아. 그러면 당장 그 책에서 바로 답을 찾지 못하더라도, 힌트를 얻거나 질문을 수정할 수 있어. 힌트와 수정된 질문을 다시 메모하고 다음 책을 찾아. 책을 책이라고 생각하지 말고, 수많은 냉동 인간이 타고 있는 우주선이라고 생각해 봐. 글자 사이를 헤맨다고 생각하지 말고, 나를 도와줄 사람을 찾아가는 과정이라고 생각해.

이게 내가 여기까지 온 방법의 전부야. 이 방법이 성우를 직업으로 가진 사람의 레벨만 높여 주는 건 아니라고 생각해. 글자는 인류의 악기이고, 인류는 글자를 부리는 존재니까!

타임아웃이 없는 시합

책과 메모를 통해 성장하려면, 하나의 전제가 있어. 영혼의 존재를 믿어야 해. 영혼이 믿기지 않는다면 '정신' 정도로 바꿔서 생각해도 좋아. 영혼은 육체와 달리 일정한 형체로 고정되어 있지 않아. 말랑말랑하지. 영혼을 믿는다는 말은, 아무리 완고한 사람도 다르게 바뀔 수 있다고 믿는다는 뜻이야. 곤경에 빠지면 우리의 몸은 딱딱하게 굳어. 그런 순간에도 영혼은 말랑말랑해서 빠져나올 수 있다고 믿는다는 의미야. 피한다는 말이 아니야. 곤경 속에서도 새로운 지식을 배우고, 내 영혼을 튼튼하게 살찌워 이겨 낸다는 말이지. 운명은 정해져 있고, 사람은 그저 주어진 대로 살 수밖에 없다고 생각한다면, 그 세계관 안에서 책과 메모는 힘을 발휘할 수 없을 거야.

하지만 어떤 난관 속에서도 무언가를 배울 수 있고, 방법을 찾아 헤쳐 나갈 수 있다는 믿음은 때로 부작용을 일으키기도 해. 다른 사람의 문제까지 내가 떠안으려고 할 때 그렇지. 그런 오지랖은 의도가 아무리 좋더라도 자기 자신과 주변을 병들게 하기도 해.

나는 성우 시험에 도전했다가 떨어지기를 반복하는 아내를 보며, 아내의 마음이 병들면 어쩌나 노심초사했어. 아내가 시험을 포기하게 됐을 때 스스로 쓸모없는 사람이라고 여기면 어쩌나, 밝은 웃음을 영영 잃어버리면 어쩌나, 시험이 아내의 자존감을 짓이겨 도저히 회복할 수 없도록 만들면 어쩌나 싶었지. 이런 걱정들은 내 일이 잘 풀리는 순간에도 온전히 기뻐하지 못하게 만들었어.

내가 성우로 10년 차를 앞두고 있던 2019년 가을, 아내의 배 속에 작은 생명이 찾아왔어. 아기의 조그마한 심장 소리는 내 마음을 두드렸지. 그때 나는 처음으로 이런 생각을 했어.

'정작 병들어 가고 있는 사람은 내가 아닐까?'

남을 돕고 싶다는 마음은 분명 선하고 아름다워. 하지만 우리는 그 전에 충분히 생각해 봐야 해. 먼저 나 자신을 잘 챙기고 있는지. 주변을 둘러보지 않고 자기 욕심만 채우려는 태도도 나쁘지만, 스스로를 챙기지 못하면서 주위에만 관심을 두는 태도 역시 적절하지 않아.

나의 경우 성우 생활을 10년씩 이어 오면서 직업적으로 주변의 인정도 받고 수입도 점점 나아지니, 나를 충분히 잘 챙기는 중이라고 자신했지. 딱딱하게 굳어 가는 내 영혼을 보지 못한 채 말이야. 그러던 중 아기의 심장 소리가 나로 하여금 정신이 들게 했어.

나는 현장에서 배우고 깨달은 노하우를 아내에게 잘 전수해 주면 모든 일이 술술 풀릴 거라고 믿었지. 하지만 그렇지 않다는 사실을 배우는 데 10년이 걸렸어.

혹시 이런 생각을 하는 사람도 있을지 몰라.

'내가 이미 성우가 되고자 하는 꿈을 이루었으니, 아내의 꿈을 도우려는 마음이 뭐 그리 잘못이야?'

응, 잘못이야. 아내의 합격은 어디까지나 아내의 꿈이니까. 간혹 어떤 부모님들은 자신이 이루지 못한 꿈을 아이에게 강요하기도 해. 나는 그런 모습을 끔찍하다고 여기면서 정작 나 역시 그러고 있는 줄은 몰랐어. 나는 이룰 만큼 이루었으니, 이제 나의 일은 제쳐 두고 너의 일만 바라보겠다는 태도는 자식을 숨 막히게 하는 부모와 다르지 않았던 거야.

그래서 나는 나의 꿈을 다시 꾸기 시작했어. 지금은 서툴지만 앞으로 잘하고 싶은 일, 나를 설레게 하는 일은 바로 글을 쓰는 거였어. 나는 글쓰기를 통해 다시 신인의 자리로 내려갔어. 녹음 일정 사이사이 틈만 나면 카페에 앉아 에세이를 쓰기 시작했어. 성우로 데뷔한 후로 나는 펜을 놓았던 적이 없어. 늘 일기를 쓰고 메모를 했지. 그러니 한 달에 한 편씩 에세이를 쓰는 일은 쉬우리라 생각했어. 하지만 실제로 해 보니 원고 마감일을 지키는 달이 드물 정도로 허우적거렸지. 잘하고 싶은 마음만큼 몸은 따라 주지 않는, 오랜만에 현실적으로 느끼는 신인의 감각이었어.

그러던 2020년 5월, 첫째 아이가 태어났어. 그해 가을에 있었던 KBS 45기 성우 공채 시험에서 아내는 최종까지 올라갔지. 오후 5시에 합격자 발표가 난다고 해서 아침부터 마음을 졸였어. 오후 2시부터 성경 이야기를 담은 애니메이션 〈슈퍼북〉 녹음 작업이 있었어. 나는 녹음 중간중간에 자꾸 휴대 전화를 들여다보게 됐지. 그런데 오후 3시가 되기도 전에 어떤 성우 학원 블로그에 누군가의 합격을 축하한다는 글이 올라왔어. 나는 부랴부랴 KBS 홈페이지에 접속했지만 아내의 이름은 보이지 않았지. 몇 번을 다시 살펴봐도 마찬가지였어. 아내의 꿈까지 내가 짊어지지 말자고 다짐했는데도, 온몸에서 피가 다 빠져나가는 느낌이었어. 아내는 이듬해 있었던 46기 시험에서는 1차도 통과하지 못하고 탈락했어.

나는 어떻게 해야 할까? 끝내 시험에 합격하지 못하는 미래가 기다리고 있다면 은수와 나는 감당할 수 있을까? 한 가지는 분명하다. 은수가 스스로 선택하도록 해야 한다. 그리고 그 선택이 무엇이든 나는 은수의 편이 되어 줄 것이다. 모두가 아니라고 해도 나는 은수 네가 옳다고 말해 줄 것이다. 너의 성공과 실패에 상관없이, 너의 흥함과 망함에 상관없이, 네가 외로이 늙어 가지 않도록 내가 곁에 있을 것이고, 사랑하고 또 사랑하겠노라고 매일매일 말해 줄 것이다.

2021년 5월 12일

그날 내가 적었던 일기야. 그 시기부터는 아내도 시험에 대한 마음을 조금씩 놓는 듯 보였어. 2022년 초, 아내는 다시 만삭의 몸이 됐어. 둘째 아이 출산 예정일을 앞두고 있을 때 KBS 47기 성우 모집 공고가 떴어. 코로나 바이러스가 성행하던 때였고, PCR 검사 때문에 병원에 들어가지 못한 산모가 길에서 아기를 낳았다는 기사가 눈에 걸리던 때였어. 나는 아내에게 지금까지 내내 안됐으니, 이번 시험은 보지 않는 것이 좋지 않겠느냐는 의견을 전했어. 1차에 합격한다고 해도 2차 시험 일정이 출산 예정일과 너무 겹쳐 있었거든. 하지만 아내는 끝내 만삭의 몸으로 1차 시험 파일을 녹음하고 접수했어.

출산 예정일을 일주일 앞둔 금요일 밤. 우리는 출산 전 마지막 주말을 어떻게 보낼지 상의하다가 결정을 못한 채 잠이 들었어. 그러다 새벽에 어떤 소리가 들려 잠에서 깼는데 아내가 산부인과 의사 선생님과 통화 중이었어. 갑자기 진통이 시작돼서 전화를 걸었는데, 빨리 병원으로 오라고 했다더라. 나는 휴대 전화와 자동차 키만 챙겨 아내와 산부인과에 갔어. 그날, 둘째 아이를 바로 만나게 될 줄은 꿈에도 몰랐지! 예정대로라면 출산 후 사흘 만에 2차 시험을 봐야 했을 텐데, 아이가 일주일이나 빨리 태어난 덕분에 아내는 열흘의 시간을 벌었어.

그때의 나는 아내의 합격보다는 아내의 건강을 더 챙기기로 마음먹었던 터라, 시험을 보러 가는 것을 여전히 말리는 입장이었어. 사흘보다는 낫지만 그래도 열흘 만에 사람이 바글바글한 시험장에 꼭 가야겠느냐고. 하지만 코로나 때문에 남편조차 조리원에 들어갈 길이 막힌 상황에서 더 이상 뜯어말릴 수도 없었지. 결국 아내는 조리원 원장님께 졸라서 예외적으로 외출을 받아 내고 2차 시험을 봤어.

3차 시험일은 아내가 조리원에서 퇴소하고 이틀 뒤, 첫째 아이의 두 돌 생일날이었어. 갓난아이였던 둘째는 외할머니에게 맡겨 놓고, 아내와 첫째를 차에 태우고 KBS로 향했지. 가는 중에도 미친 짓이라는 생각이 떠나지 않았어. 나는 이제 겨우 "엄마" "아빠" 하며 아장아장 걷는 첫째와 KBS 신관 앞에서 비눗방울 장난을 하며 시험이 끝나기를 기다렸어.

2020년, 아내가 최종 시험에서 떨어졌을 때, 나는 한 오디션에 합격했었어. 드라마 〈유미의 세포들〉의 이성 세포 역이었어. 그리고 2022년 5월 25일은 두 시즌 동안 함께했던 이성 세포를 떠나보내는 날이었어. 그날 오후에 아내의 시험도 최종 발표가 나기로 되어 있었지. 마지막 녹음인 만큼 집중하고 싶었는데, 자꾸만 결과가 신경 쓰였어. 그래서 나는 녹음실 건물 1층에 있는 카페에 가방과 휴대 전화를 다 던져둔 채 아이패드만 달랑 들고 작업에 들어갔어. 잠시 아내의 시험을 잊고 대사 하나하나에 몰입했지.

"그래, 지금 너는 심규혁이 아니야. 너는 이성 세포야."

내 안의 이성 세포가 나를 붙드는 것 같았어.

이윽고 마지막 대사를 하려는 찰나, 기계에 문제가 생겼는지 잠시 기계를 껐다 켤 테니 기다려 달라는 감독님의 목소리가 토크 백 너머로 들렸어.

적막한 녹음실에서 멍하니 기다리자니, 감성 세포가 들썩이기 시작했어.

"뭐 해? 아이패드에도 메신저 앱이 깔려 있잖아. 빨리 열어 봐!"

감성이가 이성이를 걷어차기라도 했는지, 나는 얼떨결에 메신저 앱을 열고 말았어.

'나 붙었어.'

'나 KBS 붙었다구!'

12년 동안 이어졌던 아내의 도전이 마침표를 찍는 순간이었지. 오류로 멈췄던 기계가 다시 켜지고 큐 사인이 떨어졌는데, 이번에는 나에게 오류가 생긴 것처럼 목소리가 나오지 않았어. 마침내 찾아온 아내의 최종 합격 소식에 온갖 감정이 끓어올라서, 한참 마음을 추스른 끝에 마지막 대사를 말할 수 있었어.

"무엇이라도 좋다. 사랑이가 돌아왔고, 유미는 더 행복해질 준비가 되었으니까."

녹음을 마무리하고 두 시즌 동안 수고했다며 스태프들과 서로 인사를 나누는데, 나는 그 순간 꼭 12년짜리 드라마를 마친 기분이 들었지.

어릴 때 피아노 교습소에서 봤던 〈H2〉에서 주인공 히로의 대사 중 이런 말이 있어.

"타임아웃이 없는 시합의 재미를 가르쳐 드리죠."

책과 달리 내게 주어진 삶의 분량은 두께를 알 수 없어. 내가 지금 생의 어디쯤 와 있는지, 꿈을 향한 길의 어디쯤에 서 있는지 알 수가 없어. 그래서 막막할 때가 많아. 하지만 강점과 약점이 뒤섞여 저마다의 개성이 만들어지듯, 세상에도 나쁘기만 한 일은 없어. 타임아웃이 없는 야구에는 농구처럼 클러치 샷이나 버저 비터는 없지만, 역전 만루 홈런이 있거든. 끝이 정해지지 않은 시합에서만 느낄 수 있는 특유의 재미가 존재하지. 어린 시절 멋모르고 야구 선수가 되어 보겠다고 했던 때와 한참 멀어졌지만, 나는 여전히 타임아웃이 없는 시합의 재미를 계속 배워 가는 중이야.

에필로그

　사람들은 보통 말할 때 사용하는 목소리를 낭독하는 데 쓰기 어려워 해. 평소에는 편안한 목소리로 말하던 사람도 글자를 읽어야 할 때면 어딘지 모르게 힘이 들어가기 마련이거든. 하지만 이것은 결코 물리적인 문제가 아니야. 목소리 자체가 아니라, 생각의 작동 방식을 들여다봐야 해결할 수 있는 문제지. 머리에 떠오른 내용을 말할 때는 생각이 작용해야 목소리를 낼 수 있어.

　여기서 생각이란, 나에게 주어진 상황이나 자극에 대한 이해와 해석, 감각을 모두 포함해. 하지만 글자를 읽을 때는 글자가 내 생각을 거치지 않고도 목소리가 되어 튀어나와. 그래서 말하는 소리와 읽는 소리가 달라져. 충분한 사유를 거치지 못하고 나온 목소리는 미처 여물지 못한 채 나무에서 떨어진 열매와 같아. 읽는 목소리와 말하는 목소리를 연결시키려면 세심한 훈련이 필요해.

그런데 목소리로 직업을 가질 계획이 없는 사람에게도 이런 훈련이 필요할까? 나는 모든 사람이 전문적인 수준까지는 아니더라도 어느 정도는 경험해 볼 필요가 있다고 생각해. 사람들은 의외로 일상 속에서 곧잘 여물지 않은 목소리를 내뱉을 때가 있거든. 다른 데 정신이 팔려 그럴 때도 있고, 나의 의지와 상관없이 엉뚱한 뉘앙스로 표현될 때도 있어. 그러다 보면 오해가 생기기도 하고, 상처받는 사람이 생기기도 하지. 그리고 무심코 튀어나온 그 목소리에 대해 사람들은 이렇게 평가해. "건성으로 대답한다" "배려가 없다" "영혼이 없다". 한마디로 진심이 안 느껴진다는 뜻이야.

목소리를 깊이 있게 다루는 여러 분야가 있지만, 나는 무엇보다 '성우'의 목소리 연기 훈련이 이 문제에 대한 해답이 되지 않을까 생각해.

정확한 발음으로 뉴스를 전하는 아나운서의 객관성도 귀하고, 좋은 상품을 소비자에게 전하려는 쇼 호스트의 센스와 열정도 멋지지. 일반인은 범접하기 어려운 신의 영역처럼 느껴지기도 할 거야. 그에 비해 마지막 녹음 현장에서도 대본을 손에서 놓지 않아도 되는 성우는, 어떻게 보면 일반 사람들이 부담 없이 접근할 수 있는 일처럼 보여. 그런데 성우는 목소리가 남다르게 좋은 사람들이라는 오해가 오히려 이 직업에 대한 접근 가능성을 차단하고 있는 게 아닐까? 물론 좋은 목소리는 성우의 기본 조건이야. 하지만 좋다고 느끼게 하는 요소가 음색이 아닌 '사유'에 있다는 사실은 아직 널리 알려져 있지 않은 것 같아.

내가 이번 에세이 출간 제안을 받고 흔쾌히 나섰던 이유는, 가느다랗고 조그마한 목소리를 다듬어 오면서 나의 미약했던 자존감이 많이 튼튼해졌다고 자부했기 때문이야. 하지만 원고를 써 나가면서 오히려 그렇지 않다는 사실을 깨닫고 적잖이 놀랐어. 내가 자존감이라고 느껐던 것 중 상당한 부분이, 사실은 성우 일을 통해 얻은 성과에 대한 자부심이었더라고. 원고를 채우면 채울수록 나의 '자존감'에 대해 내가 너무 모르고 살았다는 사실을 인정해야만 했어.

초고를 절반 이상 썼을 때 더 이상 뒷부분이 쉽게 이어지지 않았어. 그때까지 써 두었던 원고를 삭제하고 처음부터 다시 쓰기로 결정하기까지 마음 고생도 꽤나 했지. 성우라는 본업에도 충실해야 하고, 집에서는 아이들이 장화 신은 고양이 눈을 하고 나를 바라보는데, 이 일을 어쩌나 했지. 발을 동동 구르는 동안에도 일은 잘 진행되지 않았어.

그러던 어느 주말에 아이들을 데리고 역삼동에 있는 어린이 도서관에 갔다가 촉이 강하게 왔어. 뭔가 찌릿하고 직관이 발동하는 그런 느낌이, 오히려 힘든 중에 불쑥 찾아오기도 하거든.

글을 쓰기 위해 노트를 펼치던 곳은 대개 카페였기 때문에 도서관은 어느새 내게 낯선 장소가 되어 있었어. 오랜만에 걸음한 그곳에서, 책을 가득 품고 벽 대신 서 있는 책장 사이에 쪼그려 앉아 아이들과 키득거리다가, 문득 이 장소에서라면 책이 완성될 수 있지 않을까 하는 기대감이 든 거야. 그때부터 나는 틈만 나면 동네 도서관과 국회 도서관에 부지런히 다녔어. 자존감을 렌즈 삼아 목소리와 목소리 연기를 깊이 들여다보는 시간을 가질 수 있었지. 선배 성우들이 쓴 책을 다시 읽고, 목소리와 연기를 다룬 책을 찾아봤어. 자존감을 연구한 내용을 담은 책과 자료도 닥치는 대로 읽고 메모했지.

그렇다고 내가 자존감에 대한 엄청난 식견을 갖게 된 건 아니야. 다만 내 영혼의 어떤 부분을 떼어 책에 담아야 할지를 깨닫게 됐어. 자꾸 영혼 이야기를 하게 되는데, 나는 사람들이 믿음 여부와 상관 없이, 대부분 영혼에 대해 좋은 인상을 갖고 있다고 믿어. 자신도 모르게 영혼을 과일처럼 여길 때가 있잖아. 영혼을 짜낸다거나, 갈아 넣는다는 표현을 심심찮게 쓰니까!

여기 적힌 글자들은 모두 내 영혼을 갈고 짜내어 쓰여졌어. 나중에 이것들이 어떤 향이었고 무슨 맛을 냈는지 알려 줄래? 아주 달아서 잊을 수 없는 강렬한 인상을 남기기보다는 슬그머니 스며들어 네 안에 숨어 있는 나쁜 목소리를 걸러 내고 몰아내 주는 역할을 할 수 있다면 더 바랄 게 없겠어.

영화감독 스티븐 스필버그가 미국 LA의 한 회담에서 꿈에 대해 연설했던 내용을 전하며 이야기를 마칠게.

꿈은 언제나 뒤에서 다가와.

절대 네 눈앞에서 소리 지르며 찾아오지 않아.

꿈은 꼭 속삭이며 다가와.

너만의 본능과 직감은 늘 속삭이지.

결코 소리 지르지 않아.

잘 들리지 않아.

그래서 그 속삭임을 들을 수 있도록 준비해야 해.

그 속삭임이 너의 영혼을 자극하고

그 소리가 전한 꿈에 평생을 걸고 싶어진다면

그 일은 너의 운명이 될 거야.

그러면 네가 하는 모든 일은 우리 모두를 도울 거야.

너의 목소리가
세상에 울려 퍼지도록

© 심규혁, 2024

초판 1쇄 발행일 2024년 7월 11일
초판 2쇄 발행일 2024년 10월 31일

지은이   심규혁
펴낸이   정은영
편집   장혜리 최찬미 방지민
디자인   서은영
마케팅   최금순 이언영 연병선 송의정 성채영
제작   홍동근

펴낸곳   (주)자음과모음
출판등록   2001년 11월 28일 제2001-000259호
주소   (10881) 경기도 파주시 회동길 325-20
전화   편집부 02) 324-2347 경영지원부 02) 325-6047
팩스   편집부 02) 324-2348 경영지원부 02) 2648-1311
E-mail   jamoteen@jamobook.com

ISBN   978-89-544-5072-0 (43810)